Ice for Martians

SUNDIAL HOUSE

Ice for Martians

Bilingual Edition

Claudia Ulloa Donoso

Translated by

Lily Meyer

SUNDIAL HOUSE   NEW YORK • PHILADELPHIA

**SUNDIAL
HOUSE**
New York ⟊ Philadelphia

Copyright © 2023 Claudia Ulloa Donoso

Published by arrangement with VicLit Agency

Copyright © 2023 Scherezade García; cover image

Copyright © 2023 Lily Meyer; English translation

Copyright © 2006, 2013 "Actor", "Yo solo quería un cigarro"
& "Cerré los ojos"

Copyright © 2017 "Aparato avisador"

Copyright © 2018 "Alarma"

Copyright © 2018 "La transfiguración de Melina"
& "Hielo para marcianos"

First paperback edition February 2022

Book design and layout: Lisa Hamm

Cover image: Scherezade García | "Liquid Highway" (linoprint, 2016)

Proofreading: Anne Freeland & Alejandra C. Quintana Arocho

ISBN: 979-8-9879264-0-6

Contents

Translator's Note

LILY MEYER

IN PERU, the word *marciano* has two meanings. It can refer either to a Martian or to a common type of fruit popsicle, which is to say it can be either alien or quotidian. In Claudia Ulloa Donoso's "Ice for Martians," the title story of this collection, *marciano* pulls double duty. Technically speaking, the only marcianos in the text are popsicles—but every time Claudia and I discussed the story while I was translating it, she reminded me (as if I could forget!) that its characters are so odd, their outlook so estranged, that although they seem to outsiders to be a nice, normal Lima family, they might as well be from Mars.

Claudia is an expert at writing gently alienated characters. Sometimes, their dislocation is the result of geography; much of her collection *Little Bird*, which I also translated, draws on her experiences moving from Peru to Spain to Norway, where she now lives. Occasionally, it stems from their social conditions: consider "Alarm," in which every sound and moment is skewed by the narrator's terror of her abusive partner, or "The Transfiguration of Melina," whose religious teenage heroine starts the story detached from her sexuality, and ends it anything but. More often, though, Claudia's characters are simply Martians: their perspective on the world is singular, whether they want it to be or not.

Claudia never romanticizes her protagonists' singularity. Instead, she uses it to create a potent, idiosyncratic mix of pathos and comedy. In *Ice for Martians*, readers can see this balance shifting between stories—and over time. "Actor" and "I Just Wanted a Cigarette," both of which first came out in the early 2000s, go deep into the minds of characters who simply do not know how to be. Both stories are intensely uncomfortable to read, since their narrators are uncomfortable inside themselves. In contrast, "Ice for Martians" and "The Transfiguration of Melina," which are new, are full of upheaval, yet suffused with befuddled joy. Melina may well be Claudia's happiest protagonist yet. It certainly made me happy to translate her—although translating all Claudia's stories, with the exception of the utterly wrenching "Alarm," makes me happy.

I do not make the above statement lightly. For me, translating, a creative practice I love, is rarely joyful moment to moment. Like many other difficult activities, it is fun to imagine, fun to plan, and fun to remember—and, of course, transcendently fun when it goes well. Often, though, I sit in front of my drafts and dictionaries wanting to tear my hair out, or rip all my notes up, or go into hiding. (Too bad there's no witness protection program for literary failures.) Characters like Melina remind me, even as I struggle to render them into vivid English, that confusion and turmoil are not always bad things. They can, in fact, be gateways to pleasure. Alienation can lead directly to wonder. Through the eyes of Claudia's metaphorical Martians, even the quotidian is beautiful.

Ice for Martians

Ice for Martians

MY SISTER waved her finger in front of the webcam, showing us an engagement ring. My mother shrieked and kissed the screen, leaving a waxy smudge above my sister's pixilated face. Once she calmed down, a very tall, blond man appeared onscreen and gave us all a smile. "Hola, soy Lars. Bonita Peruvian. Buena familie." Then my sister announced that she was coming home at the end of the month so we could meet her future husband. She was cackling, as was my mother. Gazing at my sister's image on the computer screen, my mother appeared to be talking to a young likeness of herself.

The moment the video call ended, my mother began making plans and giving orders. Suddenly she'd become an event planner. I got one half of the tasks, my father the other. Mine included washing the car, switching out the energy-saving lightbulbs with halogen ones, Photoshopping a picture of my sister and her fiancé onto a Norwegian flag, and printing it on good photo paper.

First, we had to clean the house. My mother started by washing the walls. Next, she polished the floors with steel wool, rearranged the furniture, and called landscapers to clean up the garden. As my sister's arrival approached, my mother began spending hours online, looking for cleaning tips and tricks she could use in each corner of the house. She cleaned the doorknobs, the sockets and light switches, the faucets of every sink. She even scoured the old copper kettle, which was always greasy and smudged.

"I cleaned it with muriatic acid, come look."

I was done helping her clean, and even more done with her coming into my room to use the computer. While she was YouTubing ways to rid bath towels of mildew one afternoon, I coaxed her into watching a video about Norway instead. Her curiosity kicked in right away, and soon she was learning phrases in Norwegian and looking up facts about the country. It seemed like a good thing at first, a helpful distraction from housework, but my mother's Norwegian education quickly turned into an inferiority complex. Suddenly, she found everything ugly, deficient, or vulgar: her country, her neighborhood, her family, herself.

"Look, in Norway the buses don't run on gasoline. They recycle garbage to make fuel. With all the trash in the streets here, think how much fuel we could produce, but of course, this country couldn't care less about progress."

My mother installed herself at my desk and went hours without leaving my room. She'd completely taken over my computer. She spent days teaching herself about Norway, scrolling through images of elk, the Aurora Borealis, fjords, men in waders brandishing enormous salmon, other men dressed up as Vikings. At first, the days she spent at my desk were so dull I thought I'd go crazy, but soon her comments started to entertain me. I liked watching her reactions and responses as she sat there, hour after hour, clicking through her infinite sites.

"Look! I was trying to watch this video of snow falling, but all your naked girls popped up. I didn't click any, because who knows what I'd see next?"

Her innocence awoke a certain affection in me. The photos weren't mine, I explained; they were ads, meant to attract visitors' attention. But, I added, you should never open those pop-ups.

"So, what, I didn't win that cell-phone raffle?"

"No, Mom. Pop-up ads are traps. Mostly they steal your email address and use it to send you more junk."

My mother knew you could be robbed in the street, but until now, she'd had no idea you could be robbed in your own son's bedroom. Even worse, she'd had no idea that we lived in a country whose buses spat polluted filth, whose trash was embarrassingly useless, whose society was corrupt and macho, and whose capital city smelled like fish and mold. She'd never seen that Cerro San Cristóbal, which could have been a pine-covered Nordic peak, was instead a dry, dirty hillock crawling with unnecessarily bright houses, and that this was all she'd seen from her living-room window for years.

My mother's collision with reality distressed her. For days, she barely moved or spoke. She abandoned the computer and went back to her midday shows, but she didn't smile at the TV like she used to. I had to lure her back to the computer. I suggested that she watch some PromPerú videos, or look through its website, so she'd be able to tell Lars more about our country, and before long she'd forgotten the Vikings and fjords. The video flights over Machu Picchu delighted her, as did the video cruises across Lake Titicaca. She was overjoyed to learn that the Amancae flower hadn't gone extinct; in fact, it bloomed on the pampas not too far from our house, the ones she'd always assumed were overrun by riffraff, filled with shacks or converted into garbage dumps.

My mother's mood turned around. She even looked better. She was visibly content and excited, not only because my sister was coming home engaged, but also because she was filled with patriotic pride. Whenever she talked about our country's tourist attractions—which, to her, were now imposing and grand, noble and ancient—she brimmed with endorphins. Her eyes shone when she told me about our unrivalled ceviche or the nobility of our hero, Miguel Grau. She spent days at the computer again, watching videos about our native flora and fauna and reading historical and scientific websites.

My mother hadn't seemed this happy in a long time. The change stunned me and my father. A few years before, she'd gotten sick, and we'd never been able to get a diagnosis. Her head hurt, and she had wild swings in appetite, from days she had only tea and toast to days my father had to bring home massive orders of roast chicken to keep her happy. She barely slept, and woke me—never my father—in the middle of the night to keep her company while she cooked and chattered about whatever crossed her mind.

Maybe all she needed was to get excited about something. Maybe the problem was that her daily routine didn't give her reasons to think about anything new, or to learn about much beyond what her midday TV shows offered. Maybe some excitement could have prevented the disorienting incident when she disappeared and came back days later, filthy and exhausted, her body covered with cuts, swearing that God himself had instructed her to return to her family, whose love would be her refuge and her salvation.

❄ ❄ ❄

At Sunday breakfast, she introduced the idea of the condor. My father and I woke to the smell of freshly brewed coffee, unusual in our instant-coffee home. My mother had returned from Mass with *chicharrones*, fried sweet potatoes, and *tamales*.

"It won't even be hard," she told us. "The condors aren't full-grown, and they're captive. They barely fly. And they're used to people."

Dad didn't reply. He concentrated on chewing his baguette, which he'd stuffed with *chicharrón* and fried sweet potato. When my mother shut her mouth, he took a sip of coffee and started picking at the bits of meat and onions left on his plate.

"Well?" my mother asked. "Are you two going to help me or not?"

Her tone was nasal and intense. My father pushed his cup aside and turned to me. I filled my mouth with *tamal*, but my mother was watching me so intently my throat constricted and I couldn't swallow.

"Look, sweetheart, that sounds a bit tricky," my father said. "And risky." He poured himself another cup of coffee.

My mother pushed her chair back from the table and began clearing the dirty breakfast dishes away. From the dining room, we could hear water streaming into the sink, china ringing and breaking against the metal basin, the pantry doors slamming open and shut. My father and I stood silently at the table, like sentries. When my mother returned, she had a knife in her hands. Between sobs, she said, "You never help me. I take care of you, I keep you happy, I show the whole world how close this family is. I'm always the enthusiastic one. I'm the organizer. I make your lives run. I devote my whole life to you, and now, when I ask you to do your sister a favor, when I ask you to help show your daughter's fiancé how welcome he is, the two of you stand there, mute, like always. My whole life! Trapped here with your unbearable silence."

Dad locked his eyes on some spot on the table. I walked over to one of the dining room windows and pushed it open. The air outside smelled like our breakfast, like the breakfast the whole city ate every Sunday.

"Fine, Mom. Get all the stuff, make the calls, do the talking, and as long as all we have to do is come with you, then fine. We'll come."

"Yes, yes, leave it to me. We're only taking the little condor. It's the same size as a Christmas turkey."

My mother set the knife on the table and went back to the kitchen. My father was silent. After my mother fell asleep that night, he came to my room and shook me awake. In a furious whisper, he said, "We do whatever she wants! You're her son. You could have said no, and it wouldn't have made her as angry as me saying it. Now what? What if the cops catch us? What if the bird dies? Then what?"

❋ ❋ ❋

She told us how to dress. Dark pants and a white shirt for Dad, a blue nurse's uniform for me, and a marine-blue skirt and eggshell blouse for her. Dad carried the animal crate, I had the cooler with dry ice, and she had a leather purse and, in one arm, a folder she'd filled with pictures of birds and papers that looked like invoices and business correspondence.

We got to the zoo not long before it closed. She went to the ticket window, talked to the manager, then signaled that we should go inside. When we got to the administrative offices, she went in alone, telling us to wait for her there.

She emerged after a few minutes, accompanied by the head zookeeper, a middle-aged man who greeted us with a smile, then guided us through the park. Dad and I walked behind them, and as we passed between the gardens and enclosures, we noticed—maybe at the same time—that my mother was a good-looking woman, front and back. She had a narrow little waist, and curvy hips she hid under long housecoats at home.

The man radioed the keeper in charge of feeding the birds, who turned out to be a kid younger than me. He showed up holding a long wooden pole, said a friendly hello, and let us into the condors' enclosure. Dad stayed by the entrance, and Mom and I followed the kid through the condors' little park with its artificial lake that had almost dried up, its craggy fake mountain made of cement and rocks.

"The female's not acclimating. See, there she is, hiding in her cave. Every so often she comes out to eat and fly a little, but that's all. The male is better acclimated. He'll fly, follow commands, keep the visitors entertained."

The female was indeed hidden in her cement cave. The male perched on a metal bar that ran across the enclosure, observing us silently from above. My mother had made us rehearse today's steps over and over, to the point of exhaustion, and now she directed me with barely a glance. Her face was as still as her ID photograph, even when she engaged the minimum number of muscles necessary to prounounce a few terse commands.

I entered the female condor's cave. She saw me, but she wasn't bothered by the invasion. I opened the cooler of dry ice and put it near her. My mother produced a tiger-striped blanket and blocked the cave's entrance with it, holding it from the top like a curtain. The bird took a few steps, flapped her wings gingerly, and lifted her neck. The only light in the dim cave came from her gleaming black eyes.

The bird started getting drowsy, thanks to the gas from the dry ice. She sat down, like a chicken roosting on her eggs. I watched her through the white smoke, imagining her flying freely over the Andes. I imagined her watching the world through the clouds, with no concept of the cages below, no concept of humans at all.

Before she collapsed, the bird opened her wings slightly. I tugged the blanket down, and light returned to the cave. My mother tossed me a sleep mask. I lifted the bird carefully, stroking her satin feathers. I gathered her wings and made sure the back of her neck was protected, then covered her eyes with the mask, wrapped her in the blanket, and left the cave cradling the bird in my arms. My mother had a stethoscope around her neck now, and she approached us and mimed listening to the bird's heart. Where might one find the heart of a caged condor? She gave me the stethoscope, and I tried to listen. What I heard sounded like my childhood, when I'd press my ear to the dining room table and bounce a rubber ball on the floor beneath.

Dad ran to us with the crate. He ran like a servant fetching something for his master. As we settled the bird in the crate, I watched my father closely. I looked enough like him that I was afraid the zookeepers would realize we were a family, not a team of veterinarians, but it wasn't that thought that made my hands shake and turned my sweat cold. It was the thought of myself running like a servant someday, watched by a woman, carrying my very own cage. Dad and I got in the back of the car. Mom stayed and talked to the head zoo-keeper for a while, then took some papers from her folder. The man signed, and they kissed each other's cheeks goodbye.

We headed home, the bird riding next to me in the back seat. The dry ice in the cooler was still emitting carbon dioxide, which kept the bird asleep the whole drive. In the front seat, my mother talked about the ways we'd keep the bird happy, all the tasks left to prepare for my sister and her fiancé's welcome lunch. My father said nothing. Both he and I were as fed up and exhausted as the crated bird.

At home, we tied a red-and-white cord around the bird's foot to keep her in the living room. She was waking up, and eventually she stood. We gave her a few pieces of meat, which she ate after she'd resigned herself to the fact that she was tied to a piece of furniture, barely able to take a few steps on the newly waxed parquet floor. When she began beating her wings, we brought more dry ice into the living room to calm her. My mother told me to keep watch over her in the night, to bring food and water periodically, and to clean it up right away if she shat on the floor.

When the house was dark and the neighborhood nearly silent, the condor flew as high as the cord would allow. She perched on an armchair, dug her talons into the upholstery, and curled up on the seat. I watched her from the sofa across the room. I wanted to set her free. After a few hours, I decided I could get closer. My presence didn't bother her. She let me run my little finger over her pitch-black satin plumage. I imagined her lost in the city, perched on some building downtown, out of place among the pigeons and roosters, longing for the Andean peaks to which she would never return. I didn't want to let her go. I didn't want her eating trash from the river, or filling her stomach with the dead.

❉ ❉ ❉

Dad had already gone to get my sister and her fiancé at the airport. My mother was putting the finishing touches on the dining room table, which she'd set with linens from Huancayo, ceramics from Chulucanas, clay flutes, and clay pots she planned to fill with the food she had already prepared and was keeping warm in the kitchen. Around noon, the condor woke up. The dry ice my mother had set around the living room had completely disappeared. To get more, we'd have to go to the industrial zone, across the city from where we lived. There was no way we'd get back in time.

My mother raced to the computer and searched for some way to tranquilize the bird so it wouldn't attack our guest. She considered giving her a few drops of her Rivotril in a chunk of meat, but she couldn't find anything on how the drug would affect a bird. The condor was getting more and more agitated, and we started worrying that the red-and-white cord around her ankle, thick as it was, might snap. What if the bird wrecked our welcome?

Maybe, we thought, we could buy dry ice in the market. We could try the ladies selling those fruit popsicles people call *marcianos*, or, if we were lucky, we'd run into an ice cream cart on the way. My mother ran out of the house, leaving me in charge of entertaining the bird. Remembering the zookeeper, I went to get a broom, which I balanced between the coffee table and the couch. The bird opened her wings and flew to the broomstick. She spent a while coming and going, flying around the living room at a low height, but eventually she returned to perch on the broom. As a reward, I offered her bits of meat every time she returned to the broomstick, and the game kept her under control.

My mother returned in a mototaxi, carrying a raffia bag filled with dry ice. We scattered it around the living room, and soon the house filled with white smoke. Then my father returned, and at the sound of the motor, the dazed bird climbed off the broomstick and lay down in a corner by the sofa. My sister and her boyfriend walked into the dining room. My father put on a CD, filling the house with *huaynos* and instrumental versions of Creole waltzes. Lars introduced himself without my sister's help. He was a sweet, extroverted guy, and he tried hard to speak Spanish with the family. The white smoke in the living room surprised him, and he asked whether it was Lima's famous fog. My mother winked at me, and I went to get the condor. The bird was only half-awake, but she leapt from my arms and perched at the center of the table.

"It looks like fog," my mother said, "but it's just a harmless gas. It comes from the ice for *marcianos*, and it keeps our ancient Peruvian condor calm."

The bird returned quietly to the living room, and we ate our lunch happily, like tourists making their way through an exotic feast. A strange, new happiness overtook us, as if we weren't ourselves at all, but a group of strangers who'd met on a tour, eating lunch at the best tourist restaurant in some town we wished we'd never have to leave, on the last day of a trip we wished would never end.

Alarm

THE BEST place to wait for her flight was the bathroom. She chose a stall at random, locked herself in, and sat on the water tank, entertaining herself with the sounds of the automatic toilet flushing beneath her, water coming and going, joined by streams of other people's urine and the occasional splashes. The sounds weren't unpleasant, and they were preferable to the thunder of the airport's teeming hallways and gates.

The bodily sounds relaxed her like the sounds of nature, lifting her spirits and allowing her, in some primitive way, to feel safe. The sensation came from familiarity: She knew these sounds. They were hers, and so She knew that anyone making them was, at least for the moment, a helpless, harmless, being.

But someone knocked on her stall door, vehement, scaring her into the open. When She locked herself in the bathroom at home, He always knocked like that. He banged on the door so hard its wood cracked under his knuckles, filling the house with splinters both of them would have to breathe in. She felt them as soon as She unlocked the door, and every time He pushed it open, the air that streamed into the room stung her cheeks like a slap.

Once He was in the bathroom with her, She'd fill her lungs with that dust-laden, splinter-infested air, then go to the sink to finish the ritual. Always, She focused on the soap as it foamed between her fingers, on pretending to wash away the germs her imaginary shit or urine would have left on her skin. After that She could leave the bathroom, knowing that He'd close the door and it would be time to breathe out. Soon, his noises would begin.

❊ ❊ ❊

She moved through the terminal, full of adrenaline, smelling the acidic sweat that rose from her armpits and her sticky hands. Her heart thudded at every step, like an unborn child kicking its mother from within.

She was thirsty. Her body was closing like a shell. Her guts were sticking together, her organs fading to an airless pink. Her hands started to shake. She went into a cafeteria, wanting only a beer, but it was morning. She'd have to go back to pretending. She pretended to be hungry. She ordered an English breakfast. When it was ready, She'd ask for a beer. Maybe two.

The cashier rang her up and directed her to the dining room. With her receipt, he gave her a contraption that would let her know when her order was ready. At her table, She realized that the shaking had grown worse, and She took the little device and started turning it over, hoping to settle her nerves. In the middle of the exercise, She wondered what the gadget was called.

It was a disk made of two types of plastic. The base was hard and black, with a thin, translucent covering. She brought it to eye level and squinted inside it, at its pearls of glass strung together on thin metal filaments. The outside of the device looked like one of those black rubber disks they use to play hockey, and that made her think about him, about the time He told her to enrich her vocabulary. That *disk*, He said, was called a *puck*. He taught her how to pronounce it. *Puck*, *like fuck*. He repeated the words over and over, *puck fuck puck fuck*, wagging his head side to side.

The device lit up, shrilling and vibrating. The sound and light racing from her hands to her brain were too much for her. She started shaking again, so badly She could barely make her way through the maze of tables and diners to pick up her food. When She was a few meters from the counter, the alarm went quiet. She calmed down a little, enough to collect her breakfast, go back to the register, and order two pints of beer.

She picked at the sausages and forced down a few spoonfuls of beans before letting herself start to drink. The beer bubbled down her esophagus and pooled in her body, and the more She drank, the less her hands shook. Every so often She took another bite, rearranged her silverware, pushed her glasses around on the tray. The device was still there, She noticed. It made her think of him. She moved it onto the table, picked up her knife, and dug into the alarm until She'd broken off a piece of its transparent shell.

❀ ❀ ❀

He was English. *London Bridge is falling down* English. English like the beer She just finished, like the breakfast She abandoned in the cafeteria, like deer hunting, like cricket and rugby, like the language He taught her to speak. *Puck, fuck, suck, buck, chuck, ruck, my fair lady*. She knew all those words now. They echoed in her head, turned into a march whose drumbeat guided her toward her gate.

She passed security, keeping her eyes locked on the Departures screen. Yes, there was her flight, glowing in yellow. She stood in front of the screen, rearranging the contents of her bag. She was zipping up her jacket when a security guard pulled her aside. *Random check*.

The Guard pulled out a metal detector, and She closed her eyes. Through her lids it looked like a cricket bat, flat and long. She let him run it over the contours of her body, and when it reached her knees, an alarm sounded. She took out the little device they'd given her at the restaurant and showed it to the Guard. What's this?

She balanced it in her palm, a little object full of metal, its outside covered in hair and crumbs, its plastic casing shattered and ready to fall apart. Broken, completely, but the sight of it frightened her all over again. Her hands started shaking. The Guard took her arm, and She let him. Please follow me.

Nearly all the eyes that the scene had drawn overflowed with fear and reproach; only a few expressed pity. They walked through the airport together, the Guard bending toward her so they looked like a couple out for a stroll, like they belonged in a park or on a beach. He was being gentle, but it didn't matter. She still burst into tears.

❋ ❋ ❋

In the detention area, She confessed that She had been drinking on an empty stomach. She'd destroyed the restaurant's little alarm. She'd never meant to upset anybody. After the interrogation and the apologies, a familiar calm arrived: the calm that came when She was shut away, alone, in custody, when She had nowhere to go.

The Guard had offered tea, but it was too hot. She drank it anyway, burning herself. While a blister formed on the roof of her mouth, a loudspeaker She couldn't hear announced her flight number, its destination, its departure.

The Guard opened the door to return her bag. All was in order. She hoped he would lead her out of the room, but he just stood in the doorway. She wanted to move around, but not with him there, and so She sat quietly, waiting. Then He walked in.

He wrapped his arms around her and pulled her to his chest. She had just enough time to turn her head so She could breathe. Her mouth was free, her eyes, her nose, her left ear. She focused on the Guard, who was still in the room, arranging papers and collecting her empty mug while She waited, heart beating hard. Suddenly his mouth grazed the top of her head, and She thought her skull must have gone soft as a baby's. She felt her scalp giving way to his lips, his tongue, his teeth as He kissed and bit her, whispering some restraining phrase into the roots of her hair. Don't cry.

The words vibrated through the ridges of her brain, diffused into her chest, echoed up to her trapped ears. *Don't try. Don't cry. Try. Cry. Try.* She couldn't decipher His language well enough to know what He wanted to say.

Their bodies were wrapped together like mating snails. When the Guard approached the couple, She managed to pull herself away, just enough to stretch her neck and exhale a few words. Excuse me.

The Guard paused, and He pressed his chest so close to her body that his sternum brushed against her throat. She swallowed against the pressure and managed to ask: what was the name of the thing She'd destroyed?

Pager, both men said in unison.

The couple disentangled their arms. She lowered her eyes and looked at the floor, at the men's boots, four of them, black and polished like mirrors. Yes, She could see her face there, in the leather. She saw her reflection infinite times.

The Transfiguration
of Melina

MELINA WALKED to school looking at the sky. As usual, she sent a prayer up to Heaven, which had never replied before. But that morning, she received two divine messages: a hit-and-run accident and a box that flew from the accident victim's hands, landing so close to Melina that she tripped.

She scooped the box up and hurried toward the throng of onlookers planting themselves around the injured man like human stakes. She wove between them, wanting to help the victim and to return his possessions. Her pulse sped as she moved. Surrounded by slow-blooded bystanders, Melina felt her own furious heartbeat. Blood whirled through her veins and arteries. She suddenly had a new body, even more inflamed than nature and youth had made the old one. Agitation overcame her as she approached the stranger, who she thought was dead. She felt like she was confronting her opposite, though she knew death was part of her, too.

What Melina couldn't see was that the shivers moving down her limbs, the heat spiking in her belly, were proof of the life surging under her skin. Her metamorphosis seemed rooted only in pain and fear. She had a flash of the moment she left the womb, bravely pushing her head out of the uterus, then emerging from her laboring mother's dilated vulva. Melina didn't know she was being reborn, and thought she was surrounded by death. She clutched the box, planted her feet wide apart like a soldier at ease, and breathed deeply, the way her mother did during childbirth. She was getting dizzy. All her blood had dropped to the center of her body, between her chest and her swollen sex under its dark, glossy hair.

She nearly fainted.

Melina made herself study the injured man through her discomfort. He was tall and looked athletic. His perfectly trimmed hair and beard were the color of spilled coffee soaking into the street. His hips and legs were wrapped in legions of blue gabardine fibers, and his arms and chest hid beneath a poplin shirt as white as the light. His face was a symmetrical olive mask supported by a beautifully defined cranial structure: long narrow and straight nasal cartilage and septum, broad jaw and frontal bones. His sunken green eyes flashed below the horizon of his parietal bones, though his irises were nearly hidden by his fan of eyelashes and the thin skin around his eyes, which creased with pain. Melina couldn't guess his age: the crown of blood circling his forehead and dripping down his cheeks hid any creases time could have left on his face.

A siren cut through her enchantment.

Melina stood in place, her school shoes beside the victim's head. A woman knelt to his right, her palm on his chest. She seemed to be a passerby, a Good Samaritan who came to the man's aid and called an ambulance. Both she and Melina remained at his side until the paramedics moved him carefully onto a stretcher covered in white canvas, then lifted him into their bright yellow van. Its silent lights set the scene on fire, reflecting off the bright bodywork to lend the assembled crowd a sacred halo.

As the siren faded from earshot, the accident site emptied. Melina looked around. Nobody had noticed her in the chaos. She stashed the box in her backpack, then checked the time. It was too late to show up at school. Besides, her new body felt effervescent and strange. It was a pleasant sensation, but Melina assumed it meant she was sick.

She got home in time to catch her mother putting on her coat to go to work. Melina described the hit-and-run, the passive crowd, her strange sensation, the medics' van. Her mother, who was in a hurry, registered only how flushed her daughter's cheeks were. She felt Melina's forehead, then took a white ibuprofen tablet from her purse, told Melina to open wide, and placed the pill on her tongue.

"I'll call school," she said, kissing Melina's cheek. "You go back to bed. Under the covers, okay?"

After her mother left, Melina followed instructions. She crawled into bed still wearing her school uniform, wrapped herself in a thick wool blanket, and fell asleep easily, her warm breath mixing with the heat of her wool cocoon. She dreamed that she could fly; that she was kissing one of her classmates; that she got caught in the rain in her uniform; that she was riding a bus packed with soldiers. She dreamed that she showed up to an exam naked and that she found a stack of cash in a pot. She dreamed about the injured man; about Raphael's *Mond Crucifixion* in her art textbook; about opening the box to discover wads of lice-filled, matted hair.

When Melina woke, she was soaked in sweat. Her fever had broken. Her nap, in addition to restoring her, had converted the accident into a series of indistinct, faraway images. As her sweat cooled her body, so it returned her to the terrain of caution. Melina had good intentions, but, first and foremost, she knew how to strategize.

She considered the best way to return the box to its owner. There were only two hospitals near the accident site. She checked online which was closer, then prepared to go. Before she left, though, she re-examined her impulse. Was it wise to just leave the box at a hospital? Better to wait till tomorrow, and to show up with a parent in tow.

Whoever shipped the box sent it via Bring, a home delivery company serving all kinds of businesses. Melina lifted it. According to the label, its contents weighed 1,180 grams. It had clearly been packed well, since she shook the box several times but heard nothing. It could have been filled with some noble gas.

Based on the injured man's appearance, she guessed the contents were tech-related. A cell phone, or iPad, or wireless headphones. Or else ultra-light running shoes, or protein powder, or exercise clothes. Melina scrolled through the catalogue in her mind, reviewing the presents she herself would like to receive in a Bring box. She saw her dark curls straightened with a ceramic flatiron; sucked in air to inflate a huge plastic unicorn; smoothed Urban Decay shadow around her brown eyes till they shone; posted selfies on social media with her brand-new phone. At the catalogue's end was the gift she truly dreamed of: Necomimi Brainwave Cat Ears, the headband that could read its wearer's mind.

Melina wavered. What if she kept the box? She could do it, but how would she explain her new possessions to her parents? And what if there was lifesaving medication inside? Maybe a little research would quiet her doubts. She looked the addressee up on Facebook. His profile had no close-up pictures, only ones that showed his whole body, but Melina still recognized her injured man. He always seemed to be standing with his right hand on some luxury item: a yacht, then a sports car, then an Italian mastiff's head, a bust of Dionysus.

Melina told herself not to judge him by what he owned. Or how he looked. She informed herself that she would be returning the box. No question. As a reward for her integrity, though, she deserved to satisfy her curiosity. She had a right to open the box—especially, she thought, since she wasn't just being nosy. She needed to know what exactly she was delivering.

Melina was too smart to leave behind evidence of her investigations. In the kitchen, she heated her curiosity in a pot of boiling water, then used its steam to open the package. She was careful not to rip the label or damage the cardboard. Finally, she opened the flaps, dug through a layer of packing peanuts, and pulled out a receipt:

LELO Smart Wand Wireless Personal Massager	1	€175.00
Classic LELO Luna Beads	1	€48.00
Thai Love Pearls	1	€11.00
Subtotal		€234.00
Shipping		€9.35
Taxes		€49.14
Total		€292.49

She hurried back to her room, cradling the box. Blood pounded in her veins. Her skin felt tight and prickly, as if it were shrinking. This was a bizarre discovery. Perverted. Very valuable. Her finds were worth more than her flatiron, eyeshadow, unicorn, and headband combined.

She examined them carefully. Supposedly, you could use the massager to relieve a tense neck, but Melina was no fool: she could see it was designed for penetration. The Thai Love Beads looked like a pink glass rosary long enough to pray ten prayers. She imagined it had thousands of other uses. She could guess, roughly, what to do with these items, but she wanted to know. It crossed her mind that the pale Love Pearls resembled a toy from her childhood: Pokémon balls.

They're toys, she thought.

Melina vanished into her keyboard. *Sex toys. Tone your pelvic floor. Climax more intensely with Luna Beads. Ben Wa balls. Thai anal beads. Crystal. Kegels. Silicone. Lube. Vibrations. Gold.* She consulted online sex shops, where she could skim instructions, compare prices and materials, read reviews, and watch video tutorials. She was captivated, but none of this was helping her decide what to do.

Thoughts buzzed between her temples till her eyes ached. Returning the box, she told herself, would be risky; if I sell this stuff, I could make a ton of money; the owner is a pervert, so who cares; pubococcygeus muscle; or he could be a normal person; what if the box is for somebody else; how do you sell sex toys; the balls are for his wife, who just had twins; shipping error; the gynecologist said to get them; he's gay and has no kids; it wouldn't be safe to sell the toys; unsafe how?; God sent me this box to keep.

All this uncertainty was tiring. Melina repacked the box and hid it under her bed. She lay down above her discovery and slept till her parents got home. She still had a fever when her mother woke her.

At dinner, Melina was quiet. She picked at her steak. After her dad left the dining room, her mom asked, "Are you nauseous?"

"No," Melina said. "I just have cramps."

Her mother made her herbal tea. "I can do a hot water bottle, too. Get in bed, and I'll bring it up."

Melina waited in her room, resting her hot mug on her low belly. When her mother came in, she asked, "Do you have your period?" Melina, flustered, lifted the mug to her mouth. She and her mother settled eventually into silence, sharing the water bottle's heat.

She couldn't sleep that night. She tangled her sheets, kicked at her blankets, cuddled her pillow. She checked on her treasure more than once. She went from Eden to Calvary, frenzy to misery. She cried till she collapsed, then prayed till her own whispers lulled her to sleep.

She didn't rest long. She protested when her mother came to wake her for school. Melina's mother could tell her daughter felt sick; she was usually so well-behaved, and besides, she had dark circles under her eyes.

"You can stay home," she decided. "Go back to sleep."

Melina wrapped herself in her covers.

"Sure you're not going to throw up?" her mother asked.

"Yeah. I'm just tired."

"I can tell the school office you're sick," her mother said. "But when I get home, we need to have a talk."

As soon as Melina had the house to herself, she dove under the bed.

She considered the box, thinking, No way can I keep this. She slit the tape on the vibrator's gold-lettered black packaging. On the other hand, she reminded herself, God did deliver these toys to me. While the vibrator charged, she undressed and studied herself in the mirror. She looked hurt. Not like she had been in a car accident, necessarily, but her body was blotched with a sudden, strange, furious heat.

Melina lay down on the floor, turned on the massager, and pressed it one-handed to her pubic bone. She closed her eyes. A chain of circular vibrations ran from her vulva through her body. It traveled up her left arm, knocking her heartbeat out of time; it wrapped around her neck like a scarf made of needles. She felt the sensation cross her back, which was wet enough with sweat to adhere to the pine parquet. Her right hand moved between her generous firm breasts, covering them modestly but rubbing them without shame. Under her hips, the wooden floorboards burned like coals. Fire snaked from her womb through her tight muscles. She felt the previous morning's effervescence returning, mixed with fury and the life-affirming knowledge of death.

Her body went stiff. For a moment, she was locked in rigor mortis. Then she curled into the fetal position, tucking her hands between her legs as if to stem the pleasure rushing from her still-contracting vagina, or else to keep this new pain where it was.

She picked her phone up, chose the Flower Filter on Snapchat, and took a blushing, smiling selfie. She captioned it *really sick* ;-) and sent it to her school group chat, which immediately filled with responses: *pretty, YOLO, get better!, OMG, liar, ero kawaii!, #newprofilepic, want my notes?, hottie, Meli BFF :*, lucky bitch!, =^_^=, goddess*.

Her screen filled with bubbles, hearts, and messages. She scrolled through her classmates' profiles, then checked on the boys in her neighborhood, her favorite DJ, her art teacher, her best friend's older brother, and the injured man.

She did feel lucky. And like a goddess.

Melina reached for the vibrator, turned it on, and pressed it to herself again. She resisted closing her eyes this time. She wanted to see the device parting her dark pubic hair. She kept her neck straight and head up as she pushed the silicone rod between her labia in one motion, breaking her hymen. The vibrator moved deep inside her, blinding her with pleasure before pain, which arrived quickly, knocking her to the floor. She folded in half, pulled her knees to her chest, and contracted her body, pushing out the strange new object that had been delivered to her.

It was difficult for her to stand. Blood dripped down her right thigh. The vibrator buzzed on the parquet floor, drops of pure red blood varnishing the dead pines' unreachable cracks. Melina stepped on it, using her full body weight to turn the motor off. She decided to go to the bathroom. She was still in pain, but her steps were firm.

Melina had taken her own virginity. No man would ever get to relieve her of her innocence or virtue. Under the shower's hot spray, her doubt, regret, discomfort, and despair waned. Her bleeding stopped, as did the pain. Water sculpted the lines and curves of her body. She stood on a pedestal of Porcelanosa tile and Palmolive soap.

She got dressed, feeling relaxed. She opened her bedroom curtains, then the windows, and let the warm breeze ruffle her damp hair. Overhead, the sun moved toward its zenith. Melina was in no hurry. She repackaged the injured man's purchases and set out to give them back.

At the address on the shipping label, she rang the bell. A man came to the door to greet her. She said hello, briefly explained what had happened, and gave him the box, which he seemed grateful to receive. He asked her into the garden. In the bright sun, she couldn't tell whether he was the injured man. She accepted, walking next to him through the clipped, damp grass. He vanished through a screen door, taking the box into the house. When he returned, he carried a cut-glass pitcher filled with a fizzy liquid in which ice and lemon slices floated. They sat on deck chairs as the sun rose higher in the sky. Melina shaded her eyes with her hand in order to look at his face. His eyes matched the green lawn. His forehead showed no sign of blood or wounds.

"I'd like to give you a reward," he said, filling her glass.

"You don't have to do that."

"No," he told her, "but I want to."

Melina took a gulp of the fizzy drink, shivering as it bubbled down her throat. He added, "You must be the last honest girl on the planet."

She gathered her legs to her chest, hugging them close. A golden halo of sunlight glowed behind the man's head. Melina dropped her chin to her knees, thinking of the box and its valuable contents. She could ask for Necomimi ears, she thought, but all she managed to do was blink her eyes like a cat. The man smiled, which made her blush.

And then Melina had a revelation: this man could read her mind.

Actor

I NEVER told you I fell in love first with your bones. I loved seeing your spine through your marble skin. I still cherish the memory of the day we met. You had on that backless top. Your bones danced every time you moved. I remember the shadows under your clavicles and the light shining from your shoulder blades.

I remember the first time I saw you naked. You threw yourself onto your back with the violence of a kid shredding wrapping paper from his toys, and I touched every bone in your body. I put my knuckles between your vertebrae, fit four fingers beneath your collarbone, ran my palms down your tibias, died of pleasure of cupping my palms over your hard kneecaps. I pressed my thumbs between your ribs, your phalanges, the sides of your jaw. I wanted to make your bones remember my touch.

I took such good care of you then. Now things have changed. I can't see your bones anymore.

For days you've been complaining that your back hurts. I don't care. I don't know if the bones I fell in love with hurt, or just your muscles. I only know that you complain.

This morning you said you wanted to have sex. I assumed you had been lying about the back pain. I tried to turn myself on by closing my eyes and visualizing your spine showing through that long-gone marble skin. Didn't work. Better not to have sex, anyway: it could have made your back worse. Now you're complaining again.

I'm tired. I have no desire to give you a massage, but here I am taking your clothes off. I remember again how your spine used to look when you were young: a column of bones rippling like some unearthly staircase, unfurling itself and driving me wild.

I bury my hands in your flesh. Your bones are nowhere. You say I'm too rough. You complain and complain. You wear me out.

I want to hit you, and to cry because I want to hit you. Our whole life makes me want to cry. I sit quietly, looking at your back. Looking for you, really. I don't recognize you. You keep talking about love. You tell me a tender touch heals all ills. You spout women's magazine positive-energy crap.

No love emerges from me. All I can squeeze out is pain-relief cream, which fountains from its tube onto my suede shoes. I am furious. You infuriate me. I want to stop touching—kneading—you.

I say, "You should lie down."

I need some air. I go to the pharmacy to buy you pain-re-lief cream. I look for something that will entertain you. A fashion magazine. Maybe it will help you fix your terrible style. I also get a Sharpie, since you love underlining beauty tips to give your friends and relationship advice to wave in my face. You talk to me about crises. You tell me our marriage can improve. You are a complete nightmare. How can you ask me to love you now? You're old and withered. Your shine is gone. Your bones are swathed in fat. How can you ask me to love you when I know you cheated on me?

I have to feign kindness when I go back to our bedroom. I wish I were an actor. Jack Nicholson. How does Jack Nicholson convey kindness? I lift my eyebrows and purse my lips, then smile gently at you. I stroke and kiss your hands. I put the magazine, pen, and muscle cream on your nightstand, beside your naked back. It's immense. Horrible. You seem to be asleep, but I still keep making my kind-Jack-Nicholson face.

You wake suddenly, demanding a massage. You saying the word 'massage' now makes my temples ache. Once you relax completely, it occurs to me to use the Sharpie on your back. On the spot where the pain is worst, I write, *I screwed another woman. She's my only source of joy. Doctor, help me.* Meanwhile, I continue to give you a weak, halfhearted massage.

You're half asleep, and take the Sharpie's ink smell for medicine. You tell me you feel a bit better, probably because

I bought the extra-strength pain reliever. Tomorrow I'm taking you to the doctor. For now, I smile at you vaguely, begging you silently to go back to sleep.

I am not a good actor.

I quit my job today. Stopped going, at least. I dropped you off at the doctor, then spent the day reading, something I very much enjoy, but hadn't done in a long time. I also drank some beers and watched soccer. I hope the doctor helps me. I hope he calms you down. I hope you come home and suggest that we start a new life in which we coexist like roommates. Marriages work best that way.

You return in high spirits. You got a new prescription from the doctor. Maybe you got some dick, too. That would be great. I no longer care if you cheat.

I bet he read my note on your back while he fucked you up the ass. If living like this makes you happy, go for it. Just remember the kids have exams coming up, and need to stay late at school to study. Don't neglect them. Pack their lunches. I can handle the computer issue. We need a new desktop with enough space for all the crap they need to download. I don't want to hear them claiming they failed all their tests because they didn't have enough study guides.

I can cross a problem off my list now that I see how happy the doctor made you. I hope you two get involved. He's loaded, so you won't blow my money on your lovers' concert tickets and T-shirts. Maybe he would even buy us a divorce.

I would entertain that idea, though I'd have to consider the children first.

You want another massage. Time for me to return to the stage. I am Hugh Grant this time. I put on a rapt-idiot expression. I've been Hugh Grant my whole life. You undress, and I remember the scandal of Hugh Grant hiring a Black prostitute—which means I haven't been Hugh Grant after all, since I've never done that. I imagine what it would be like to have sex with a Black prostitute. How would it feel? I can see her bones showing through her skin, like my knuckles when I wear leather gloves. She'd have dark hollows under her clavicles. Pleasure turns my vision fuzzy. I have an erection, but it subsides. Your voice shrills louder. You tell me the doctor wants to check your progress in two weeks. You might have to do hydrotherapy. You seem concerned. See if I care if you get in the doctor's Jacuzzi. Just tell him that, starting today, he's the one in charge of rubbing pain-relief cream on your fat red back.

I ease your robe off, kissing your shoulders. In black ink, the doctor wrote, *You came to the right place: www.healthymen. com.* I start with the pain reliever, which turns out to be 70% alcohol. Your back turns into a huge black smear. I don't know whether to worry about ink stain, your reaction, or whether you know what he wrote on your back, like a *KICK-ME* sign taped to your shirt in high school. You're walking the halls without a clue that everyone is laughing at you. Do you know the doctor and I are communicating through you? We're using you. Your flesh is our blank, meaty slate.

I find the black stain unsettling. It makes me feel like the world is beyond my control. You're lying face down, naked to the waist, and my hands are so inky I can't touch a thing.

"A hot shower would help you relax, don't you think?" I suggest.

I have to save our white silk sheets, which were expensive as hell. I get in the shower and find myself soaping your back, which I would rather not look at. Instead I watch drops of water slide down the plastic shower curtain. I want to cry again. I wish it would rain. I want a summer storm: the smell of wet grass; the sound of raindrops splashing on the sidewalks, talking to me. I want so badly to feel alive. I look at your body and think of the movie *Psycho*. If somebody stabbed us right now, we'd die naked. I would rather die clothed. You're not talking. You like to be washed. It soothes you. You're like that fat, furry dog we had before we got married, the one who loved getting baths.

I sit at the computer without drying off. It could electrocute me. What do I care? I read the doctor's website. He's an ass. He wrote an essay called "New Man," which features advice that, I realize, I began following days ago. All I need to do now is get a new job. As an actor, maybe.

Today I claimed to need fresh air in order to go thank the doctor. I tell him that I appreciate his support, and that I read his essay and subscribed to the magazine that published it. I ask him to help me to become a new man. I need him to medically certify that I'm going irreversibly blind.

You hesitate, but don't worry. Here's the deal. Nobody will ever know I can see, so nobody will ever know that your certificate is fake—or that you turned out not to be the sharpest tool in the shed. Plus, if I ever decide not to be blind, you get all the credit. You can be famous for reversing irreversible blindness. What more could you want? Now, my certificate. Sign it, please.

I hug and thank you on the way out. My certificate will be ready in a couple days. For now, I drop a bottle of Scotch at your front desk, winking at the secretary in one of my final acts as a sighted man.

At home it occurs to me that I can no longer read in public, which is a big problem. I decide that I can reveal my blindness to my family tomorrow. Today is the first of the month, and all my magazines just came.

So I lock myself in my study and read. I read till my eyeballs are dry. My wife brings me a whisky and tells me to go to bed, but I ignore her. I drink my whisky and read till I fall asleep in the den.

Today I woke up blind. She cries and takes me to the doctor, who explains. She tells him to operate. He furrows his eyebrows, but not like Jack Nicholson. More like Hugh Grant. Not a good actor, this doctor. I suppress laughter while he says surgery would be impossible. It could complicate my blindness—which, of course, wouldn't make me blinder, but my eyes could turn white. I could even end up with glass eyes. No one wants that.

The doctor can't invent an operation. It would be funny if he could make something up, but it's not important. A certificate is good enough for me.

At home, she helps me to the couch, telling me all the stress at work probably made me go blind. "I bet you're right," I agree. "You know how exhausting that job is."

You won't let me talk, even now that I'm blind. You interrupt to tell me a story about people who spontaneously combusted from stress—sweetie, imagine, they just burst into flames.

"I have to resign," I tell you, gazing at the ceiling. I need to practice my vacant stare. Your face is asking how we're going to live, so, to keep you calm, I add, "Baby, you know I have plenty of money saved."

"We're lucky all that happened was blindness," you say. "Sweetie, you could have caught on fire." How on Earth did you get this dumb?

I go to work to show off my certificate. At first, nobody believes me. When they ask what happened, I say bad genes. Nowadays you can blame every problem—depression, even— on bad genes. It was a sickness that set in without warning. Exploded, just like that. Irreversible.

My colleagues buy me a cake. Not one that says See you! in icing, since I can't see. We drink cheap cava, since they seem to think blindness also makes you a fool with no taste. I want to leave. I examine the faces around me. Some are laughing and smirking. Others seem genuinely sorry to say goodbye, which tells me they were my only true friends. I can start a new life now. A new page. In the office, I keep acting. Sadness, blindness, talk soon everybody, go to hell.

You drive and I lean back in the passenger seat, letting myself relax. Not for years have I felt this peaceful and calm. I allow myself to be carried. My gaze drifts over the city's scenery, landing on the light posts we pass. I count each one like I did as a child. My vacant stare lets me see everything. Gusts of air blow through the window onto my skin. I close my eyes and keep them closed till you suggest I get dark glasses. Good call. I ask you to buy me a folding aluminum cane, too.

It never occurs to you to cancel my subscriptions, so I secretly keep reading magazines. I sneak off to watch movies, too. I practice blindness at home alone during the day. I put on a blindfold under my dark glasses and walk around the house, testing myself. Can I go upstairs? Guess where I am? Identify objects by texture? Guide myself by sound?

Today I read a piece on the doctor's website in which he explains that when one sense deteriorates, the rest improve. Completely true. I now experience touch, smell, taste, and sound intensely. I never enjoyed wine, sex, classical music, or wearing cologne this much before. Even the spray of hot water on my skin in the shower feels better. I'm hypersensitive to everything. He dedicated the essay to me. Appreciate it, Doctor.

You went back to work after years sponging off me. I asked you to get me a guide dog so I can easily go out more often alone, without worrying about running into trouble or looking suspicious. Whenever I leave the house, the lottery-ticket salesmen—my sincere old friends—greet me. None of them can see, but they know me. They recognize the cane taps of every blind person who passes by. I'm studying Braille, but it gets dull, so why don't you read me job ads in the classifieds? I know call centers are always looking for blind people.

I think I'll also answer this casting call, which you didn't read me. They want an actor.

Eventually I get a job. A blind-man job, not an acting one. A distinction without a difference. My new bosses tell me that it's a shame for somebody with my education and résumé to have gone blind. I smile and agree. They think losing your sight also means losing your memory and experience.

I answer calls blindly. I do occasionally open my eyes to use the switchboard, but lately, I work better with my eyes closed. I'm a good talker. My voice inspires trust. People tell me secrets. Women flirt with me. One even gave me her number.

Today I found a prostitute. She offered her services to me over the phone. I told her to call me Hugh, but she pronounced it *Huch*. I can say it better. I used to live in California, after all.

I asked her to speak English to me. I told her what words to say when. *"Jarder,"* she repeated. *"Faster. Laiquit. Yeah."*

I told her I was blind, but she didn't believe me. I couldn't persuade her, so I removed my glasses and asked permission to film her. She didn't refuse. Her only condition was that I not show her face, so I covered it, making her the blind one. She laughed while I blindfolded her.

She was beautiful. I treated her gently. I closed my eyes and, blindly, touched her bones: her vertebrae, patellas, ribs, phalanges, and the knife-shaped bone between her breasts.

She laughed, but she was calm. She trusted me. Her giggles were like music. I could hear her smiling as she whispered, "You're crazy." I could feel how beautiful she was. Her skin was soft, her breasts and ass firm. Eyes closed, blinded by pleasure, I felt her hair shining under my hands. I smelled how young she was. She said the English words I had taught her. Hearing them made me suddenly sad. She probably never even went to high school. I could sense her smile in the air between us, but still, by the end, I felt low.

I opened my eyes, opened my wallet, hugged her, and was blind again. I had no desire to see her getting dressed and leaving the room. My senses sharpened. Her footsteps were like bullets smashing through my empty self. Once I was alone, I watched the footage. Just because you are a character doesn't mean you have character. I pressed Fade, then turned the camera off.

I walk through the streets, rarely opening my eyes. I hear kids chattering, old men talking, kernels of corn pinging from the pavement, hungry pigeons fluttering, people rushing everywhere. A gentle happiness fills me. I want to go home and share it with my family.

I unlock the door and enter the front hall blindly, tapping my cane, which is how I announce my arrival these days. At first the house seems silent, but soon I detect the scent of another man.

My wife came home early. My kids are in their rooms. One just smoked a joint, and the other is playing games on the new desktop. He has the volume off, but I can still hear the mouse.

I sit at the piano, which we got purely for show. Steinway & Sons. It dominates the living room. My fingers burn with music. It transports me. I feel it deep inside. It echoes in my ears. I taste the notes. I smell them. I see only blackness. Flat, constant black; black like the shadows under your clavicles; the black of my new life.

I play forcefully, energetically, passionately. An unknown power—a divine power—descends through the top of my head, inspiring me.

Spasms and shivers overcome my body. I tremble all the way down to my toes.

I fill the air with dramatic music, providing a soundtrack for my film. I play the perfect notes to help you climax with your lover, to guide my stoned son on his hallucinogenic journey, and to make my gamer son feel like an epic conqueror.

I play fervently, ceaselessly. I feel my family's happiness soaring along with mine; floating like dust stirred from the piano keys. I sense it falling on my hands and catching in my eyelashes. Motes of happiness rise from the ruins of our home, then drift down slowly. Once the music stops, they rest in silence, like snowflakes blanketing tombs in some northern cemetery far away.

I Just Wanted
a Cigarette

I AM so bored. I have no idea what to do with myself. Boredom burrows through me, heading straight for my soul. How can I escape it? Today is January 3rd, and I am—shocking, I know—all alone, lying on the sofa with no one to talk to, staring up at the damp ceiling. My phone is full of numbers, but none I can call this late at night.

I decide to take myself for a walk. Sometimes I walk alone, as a distraction. Sometimes it works, but sometimes it just wears me out. Outside, drizzle sprays my face, but isn't strong enough to really get me wet. Incessant, hypocrite rain. I urgently need a cigarette, but there are none in my pockets.

An open store in this neighborhood at this hour—Rímac, 11:00 PM—seems unlikely, not that I know the area well. My hair is a mess. I skipped my shower today. My pants are soggy at the hems and streaked with mud. Rain irritates my eyes, making it hard to see, but ahead, a wet white light splits into rainbows, telling me I've found a *bodega*.

"Could I get a pack of Marlboro Reds?"

"We only have Salems."

I curse silently. Why do I have to hate menthols?

I leave the shop even more disoriented than I got there. I don't know where to go. Looking at the dark, wet, desolate streets drives home the reality of how alone I am.

I get a bit frightened—any moment, something could happen to me—but still, I decide to keep walking. Down the block, another fluorescent sign gives off wet light. I doubt this store has my cigarettes either, but in I go.

The air inside smells humid. Desiccated vegetables mix with candy and cigarette boxes on the shelves. No Marlboros. Probably the little *chola* behind the register thinks Marlboro is some American actor. A group of guys my age chat lazily by the wall. For a second, I imagine how embarrassing it would be to ask for Marlboros in this borderline-provincial store, but I've already walked up to the counter and made eye contact with the *chola*. I have to say something.

"Do you have any sweet potatoes?" I manage.

"We're out."

As I turn to go, one of the boys produces a Marlboro from his pocket and lights it. I stare at him, shocked. How can I describe him? Dark-skinned, dark-eyed, short black curls, checked shirt—not enough. Better to say he was young, about my age, my height, and as beautiful as an angel.

I imagine an ad of an angel smoking a cigarette. It would be perfect. I tell myself that I probably imagined the boy. At this hour, in this shitty neighborhood, he must be a vision. Then he blows smoke at me.

"You could probably get sweet potatoes at the other store," he says.

He has to mean the first one I tried. Still, I ask, "Where is it? I don't really know the neighborhood."

He explains, waving his hands to illustrate, but I'm not listening. Looking at him turns my brain off.

I thank him and go.

More rain. I choose the longest route home. I need to walk. Maybe walking can dispel my confusion.

After three blocks, my mind empties. I move blankly until I slip and fall hard. Mud is everywhere. My palms sting. My knees hurt. I sit on the grimy wet sidewalk where I landed. It takes me a while to realize what a mess I am.

It upsets me. I don't know what to do. I hug my legs, bury my head between my knees, and sob. Needles of rain prick the exposed nape of my neck. I have no idea how long ago I fell. I make myself stop crying when I begin sneezing. My clothes are soaked.

At home, I automatically dial a phone number. Some friend's, but I don't know or care who. I just need to tell someone—anyone—what happened.

Nobody answers. I hang up.

Now I need a cigarette even more. I need to know who he is. Has solitude broken me down? Was he really that beautiful? Or was he the same as any other guy? Maybe he was totally normal, except that he talked to me. Maybe I needed someone to talk to me, even if he only told me which store had sweet potatoes and late hours. What do I do now? I have no clue. All I know is that I need him more than I should. More than I need a cigarette.

I listen to the silence spreading around me. Blurred images pass through my mind. I need a cigarette. I need someone to talk to. I am miserable.

I now know only that lying alone on this couch in the dark, chewing mint gum to stave off nicotine cravings, crying, and playing the Silvio Rodríguez song where he sings, "The problem is not repeating yesterday like a formula for salvation / The vital problem is the soul / The problem, sir, is still sowing love" is not helping me at all.

I replay the store scene like a movie. What would have happened if I had asked for Marlboros? Even if the little *chola* didn't understand, somebody else might have offered a cigarette. Another hand might have lit it for me. We might have smiled. Talked. What if I run back there now? What if I wait till next Saturday—an eternity—and then return to the same store at the same time?

I look at the wet window. I wish it were pouring, so I could take a second walk to release my feelings. I could cry and cry, letting the rain mix with my tears. It would be like a purification rite.

Impossible. This rain is barely strong enough to fog the windows. I have to stop crying. I put myself to bed, though I know how hard it is to fall asleep with swollen eyes.

I Closed My Eyes

A PHOSPHORESCENT sound—the second hand—informed the room it was midnight.

Every night, you closed your eyes again, showing their strange lids, and returned to your endless dreams. I abandoned my pretend slumber to resume my obscure ritual of watching you sleep, as if keeping vigil over the dead.

I had first slept with him seven weeks earlier. I hadn't closed my eyes since. His translucent eyelids were too unsettling. Insomnia invaded me. When the sounds began, it got worse. Only I could hear them. They intensified as the darkness deepened. Soon, my last remnants of sanity were scratched to bits.

Early on, I devoted whole nights to pressing my ears to the walls, hunting for the source of the noise. It seemed like water dripping onto some unknown surface—a liquid, echoing sound. I passed an unfathomable number of hours listening to every millimeter of the walls. I only stopped after that morning I woke to find blood pooling under my left ear. I'd been completely unconscious, too exhausted to feel myself bleeding. A dark crust of blood adhered to the pillow, then was suddenly absorbed without a trace.

He kissed me on the ear that morning, as if he knew what had happened. That night, he fell deeply asleep, like he always did. I tossed in his enormous bed, the softest one I'd ever slept in, tortured by the sounds spiraling into my ears.

I held his hands and tried to shut my eyes and fall asleep, but the liquid sound cut through me. It was worst when the room was silent, when I was enfolded in darkness. One night, when the bedroom was totally black, I turned the lamps on, opened the curtains, and let the moon shine in, hoping the sound wouldn't live through the onslaught of light.

At once, a luminous, metallic mass of moonglow and electric light swept the room. In the dark, you could have heard the sound from ten kilometers away, but now it started fading. As it died, I permitted myself a small sigh of relief—which brought the sound back, even stronger, as if it had caught on to the trick. Silence would only come with daylight, I realized.

My days were short after that, my nights an eternal Calvary. My eyes dried and cracked till their color dimmed. I was condemned to spending my remaining nights on Earth lying awake, watching him dream. I resigned myself to life with insomnia and began examining him carefully, which I had never done before. His body was made of a warm ethereal light that hurt the eyes I still couldn't close. His silhouettes' edges cut through the darkness like pale glass. Some of my dark hair was tangled in his light curls. His long white hands released viscous, sweet-smelling sweat.

Asleep, he was unfailingly peaceful. His transparent eyelids revealed a soft, gentle expression that was unimaginable on his hard waking self.

I discovered that his eyelids also revealed his dreams. I could watch them like a TV.

And I discovered that I never appeared.

I looked at him, forgetting the noise for a moment. I wanted to hug him. I squeezed him tightly, not worrying about waking him up. Holding onto him made me feel better. It released a strange, effervescent sensation inside me.

I rested my scarred ear on his chest, and it began bleeding violently. I could hear his steady, unemotional heartbeat. I heard the whisper of his dreams. I heard blood traveling through his kilometers of veins and arteries, crashing against their walls. After that, the sound couldn't hurt me. I had found out what it was.

Fatigue gripped me, but, although I was exhausted, I didn't want to fall asleep beside him. I washed my ear, packed my bags, and escaped. Gray fog filled the morning. The streets were empty. I hailed a taxi, feeling as warm inside as if I were in an incubator. It was like I had just been born. On the radio, somebody sang quietly, "Sleeping with you is being alone twice."

My eyes dampened with sadness, and darkened to their usual color. I closed them. As the taxi drove off, its radio and engine together sang me a lullaby.

I slept.

CLAUDIA ULLOA DONOSO was born in Lima in 1979. She is the author of the short story collections *El pez que aprendió a caminar*, *Séptima Madrugada*, and *Pajarito*. Claudia has been recognized by critics and readers as one of the most original and surprising voices in Latin American literature. In 2017 she was included in the Bogotá39, a selection from Hay Festival of the best fiction writers under 40 from across Latin America. Her work has been translated into English, French, Swedish, and Italian. She currently lives north of the Arctic circle in Bødo, Norway, where she teaches Spanish. She recently published the novel, *Yo maté a un perro en Rumanía*.

LILY MEYER is the translator of Ulloa Donoso's story collection *Little Bird*. She is also a critic and the author of the novel *Short War*.

Hielo
para marcianos

SUNDIAL HOUSE

Hielo
para marcianos

Claudia Ulloa Donoso

SUNDIAL HOUSE   NEW YORK • PHILADELPHIA

SUNDIAL
HOUSE
New York ▸ *Philadelphia*

Copyright © 2023 Claudia Ulloa Donoso

Publicado mediante un acuerdo con VicLit Agency

Copyright © 2023 Scherezade García; imagen de la portada

Copyright © 2023 de la traducción al inglés, Lily Meyer

Copyright © 2006, 2013 "Actor", "Yo solo quería un cigarro"
& "Cerré los ojos"

Copyright © 2017 "Aparato avisador"

Copyright © 2018 "Alarma"

Copyright © 2018 "La transfiguración de Melina"
& "Hielo para marcianos"

Primera edición: febrero de 2022

Diseño de portada y diagramación: Lisa Hamm

Imagen de la portada: Scherezade García | "Liquid Highway"
(linografía, 2016)

Corrección de pruebas: Anne Freeland y Alejandra C. Quintana Arocho

ISBN: 979-8-9879264-0-6

Contenido

Hielo
para marcianos

Hielo
para marcianos

MI HERMANA acercó su dedo anular a la cámara web y nos mostró un anillo de compromiso. Mi madre gritó y besó la pantalla de la computadora, dejando una mancha de grasa justo sobre la imagen ligeramente pixelada del rostro de mi hermana. Después de todo ese alboroto, apareció en la escena un chico altísimo y rubio quien nos saludó con una sonrisa diciendo: "Hola, soy Lars bonita peruana buena familie". Mi hermana anunció que llegaría a finales de mes para presentar a su futuro esposo. Madre e hija no dejaban de cacarear. Yo las veía en la pantalla de la computadora como una foto pasada conversando con una foto reciente de una misma persona.

Apenas terminó la video llamada, mi madre empezó a hacer planes y a dar órdenes. Se convirtió, de pronto, en la organizadora de un evento. Nos encomendó varias tareas, tanto a papá como a mí. Además de lavar el carro y cambiar los focos ahorradores por halógenos, a mí me mandó a hacer un trabajo en Photoshop. Me dijo que buscara una foto de mi hermana y su novio, que le pusiera como fondo la bandera de Noruega (el país de Lars) y que la imprimiera en papel brillante.

El primer paso de su plan fue limpiar la casa. Empezó lavando las paredes, después pulió el piso con viruta de acero, cambió de sitio los muebles y mandó a arreglar el jardín. En los días previos a la llegada de mi hermana, mi madre pasaba horas en Internet buscando trucos de limpieza para aplicarlos en cada detalle de la casa: las manijas de todas las puertas, los tomacorrientes e interruptores, las llaves de todos los caños y hasta le quedó fuerza para pulir la vieja tetera de cobre que siempre estuvo tiznada y llena de grasa.

—La limpié con ácido muriático, mira.

Yo ya estaba bastante harto de ayudarla a limpiar y me estorbaba cuando entraba a mi cuarto a usar mi computadora. Una tarde, mientras buscaba en YouTube un truco para quitar el olor a moho de las toallas de baño, intenté distraerla con un video sobre Noruega. Su curiosidad la motivó a informarse acerca del idioma y sobre algunos otros datos de ese país. En un principio esto fue bueno porque la distrajo de sus faenas de limpieza por unos días, pero después, toda esta información sobre ese país nórdico le creó un complejo de inferioridad. De pronto todo le parecía feo, deficiente o vulgar: nuestro país, el vecindario, nuestra familia y hasta ella misma.

—Mira, en Noruega hay micros que no usan gasolina sino un combustible hecho de basura reciclada. Acá con tanta basura y cochinada, cuánta gasolina podríamos producir . . . pero como siempre, no progresamos.

Mi madre se llegó a instalar en mi escritorio y no se movía de mi cuarto. Se había apropiado de mi computadora y pasaba horas frente a la pantalla buscando información sobre Noruega. Miraba fotos de alces, de auroras boreales, de fiordos, de pescadores sosteniendo salmones enormes y de hombres vestidos como vikingos. Al principio esos días me resultaron insoportables y aburridos, pero luego acabé entreteniéndome con sus comentarios y disfruté observando sus gestos y reacciones durante todas esas horas en las que pasó abriendo y cerrando páginas web.

—¡Mira! ¡Yo quería abrir este video de la nieve y me salen tus fotos de calatas, ve! Yo no he abierto nada, por si acaso.

Su ingenuidad me despertaba cierta ternura. Le expliqué que esas fotos no eran mías y que eran anuncios para llamar la atención de los visitantes. Le dije también que esos anuncios eran publicidad engañosa y que no debía abrirlos.

—¿O sea que no he salido sorteada para ganar un celular?

—No, madre. Son anuncios para engancharte en algo, algunos roban tu dirección de correo electrónico para así enviarte más publicidad engañosa.

Mi madre se había dado cuenta de que no solo te podían robar en la calle sino también estando en el cuarto de tu propio hijo. Se dio cuenta, además, de que vivíamos en un país en donde los micros eran inmundos y contaminaban, de que nuestra basura era inútil y apestosa, de que nuestra sociedad era machista y corrupta, de que nuestro cielo era gris y de que la ciudad olía a pescado y a moho. Observó que el cerro San Cristóbal no era una montaña nórdica llena de pinos y abedules sino un morro de suciedad y tierra seca donde se habían incrustado casas de colores, y eso era lo que ella había observado por años desde la ventana de la sala.

Al parecer, este choque con la realidad le afectó. Pasó varios días silenciosa y sin hacer mucho. Dejó la computadora y volvió a ver los programas del mediodía como acostumbraba, pero ya no sonreía tanto frente al televisor. Intenté distraerla, otra vez, con la computadora. Le sugerí que mirara los videos y las páginas web de PromPerú, para que así tuviera algo que contarle a Lars sobre nuestro país; así que dejó de ver fiordos y vikingos y se quedó embelesada con videos que mostraban tomas aéreas de Machu Picchu y cruceros sobre el lago Titicaca. Se alegró al enterarse de que la flor de Amancaes no se había extinguido y seguía floreciendo en esas pampas no muy lejanas de nuestra casa, esas que ella había imaginado saturadas de tugurios, gentuza y basurales.

Su estado de ánimo cambió y hasta se le veía más guapa. Se mostraba contenta y entusiasmada, ya no era solo por el regreso de mi hermana comprometida, sino que ese orgullo nacional se le había inyectado en el cuerpo y le hacía segregar endorfinas cada vez que hablaba sobre algún atractivo turístico de nuestro país, a los que empezó a calificarlos como grandiosos, inigualables, imponentes, nobles o milenarios. Los ojos le brillaban cuando me contaba sobre nuestro inigualable ceviche o la nobleza de nuestro héroe Miguel Grau. Pasó varios días frente a la computadora mirando videos sobre la flora y fauna del país y leía una cantidad de páginas web acerca de temas científicos e históricos.

Hacía mucho tiempo desde que mi madre no se mostraba tan contenta. Papá y yo estábamos asombrados de ver ese cambio. Hace algunos años, mi madre se enfermó de algo que por entonces no sabíamos qué era. Tenía dolores de cabeza, su apetito variaba desde las tazas de té y tostadas que la sostenían por días, hasta las porciones enormes de pollo a la brasa que mi papá le traía para contentarla. Dormía poco y era solo a mí a quien despertaba para que la acompañara a la cocina a prepararse algo mientras me contaba todo lo que se le pasaba por la cabeza.

Quizás mi madre solo necesitaba algo nuevo que la entusiasmara, pensar en cosas en las que no solía pensar por culpa de la rutina, leer e investigar sobre esos temas que nunca serían tratados en sus programas de mediodía. A lo mejor eso hubiera evitado ese episodio de confusión que tuvo cuando desapareció por días y regresó sucia, con cortes en el cuerpo y agotada, contándonos que había sido Dios quien le había dicho que vuelva, porque el amor de su familia eran su remedio y salvación.

* * *

Lo del cóndor, nos lo dijo en un desayuno de domingo. A mi papá y a mí nos despertó el olor del café recién hecho, algo que era inusual en nuestra casa de café instantáneo. Había vuelto de misa con chicharrones, camote frito y tamales.

—No va a ser tan difícil porque no es un cóndor adulto. Además están enjaulados, casi no vuelan. Están acostumbrados a la gente —dijo mi madre

Papá no dijo nada. Estaba concentrado en dar mordiscos a un pan francés relleno de chicharrón y camote frito. Cuando mi madre terminó su cháchara, él tomó un sorbo de café y empezó a picotear los restos de carne con cebolla que habían quedado en su plato.

—Entonces, ¿Me van a ayudar o no?— preguntó mi madre.

Su tono de voz era nasal e intenso. Papá dejó de lado su taza y puso sus ojos en mí. Me llené la boca de tamal mientras la mirada de mi madre me ajustaba la garganta y me impedía tragar.

—Mira, mi reina, eso está un poco difícil y arriesgado. —dijo papá y se sirvió otra taza de café.

Mi madre se levantó de la mesa y empezó a recoger los platos sucios del desayuno. Desde el comedor escuchábamos los ruidos que venían de la cocina; el barullo del agua que no dejaba de correr, el repiqueteo de la loza estrellándose en el metal del lavadero y los golpes de las puertas de la alacena. Ambos nos quedamos quietos y de pie, como dos guardianes alrededor de la mesa. Mi madre volvió al comedor con un cuchillo en la mano y dijo entre lloriqueos:

—Ustedes no me ayudan en nada. Yo los atiendo bien, hago todo para contentarlos, para que todos vean que somos una familia unida. Siempre soy yo la del entusiasmo, la que organiza, la que se preocupa. Gasto todas mis energías y ahora que les pido que me ayuden para que tu hermana quede bien, para que el novio de nuestra hija vea que le damos un recibimiento especial, se quedan mudos, como siempre. Toda la vida ustedes con esa insoportable parsimonia.

Papá fijó su mirada en algún punto de la mesa. Yo avancé hacia una de las ventanas del comedor y las abrí. El aire de la calle olía a lo mismo que habíamos desayunado, a lo mismo que desayunaba toda la ciudad cada domingo.

—Bueno, madre, si tú sabes cómo vas a conseguir todas esas cosas, si tú vas a llamar y hablar y si es así que nosotros nada más tenemos que acompañarte, bueno, vamos.

—Sí, déjenme a mí. Nos llevaremos el cóndor más chico. No son más grandes que un pavo navideño.

Mi madre dejó el cuchillo sobre la mesa y volvió a la cocina. Papá no dijo nada. Esa noche, papá entró a mi cuarto ya cuando mi madre se había dormido. Me despertó con un empujón y susurró enojado:

—Siempre hacemos lo que a ella se le ocurre. Tú, que eres su hijo, le pudiste haber dicho que no y así no le iba a chocar tanto como si se lo hubiese dicho yo. Ahora pues, si nos agarran los guardias o si se muere el pájaro, ¿Qué hacemos?

❉ ❉ ❉

Nos vestimos como ella nos lo había indicado. Papá llevaba un pantalón oscuro y una camisa blanca; yo, un uniforme azul de enfermero y ella vestía una falda azul marino y una blusa de color hueso. Papá cargaba la jaula para transportar animales, yo el *cooler* con hielo seco y ella, un bolso de cuero y, en el brazo, sostenía un cartapacio donde había guardado fotos de aves y algunos papeles que parecían facturas y cartas comerciales.

Llegamos al zoológico un poco antes de la hora de cerrar. Ella se dirigió a la boletería y luego de hablar con la encargada, nos hizo una seña para que entrásemos. Al llegar a las oficinas de la administración, nos pidió que la esperásemos allí afuera.

Después de unos minutos mi madre salió acompañada por el jefe de los guardianes del zoológico, un hombre de mediana edad que nos saludó con una sonrisa y nos guió a través del parque. Papá y yo caminábamos detrás de ellos. Mientras avanzábamos entre las jaulas y jardines ambos pudimos reconocer, quizá al mismo tiempo, que mi madre era una mujer atractiva por delante y por detrás. Tenía una cintura bastante pequeña y unas caderas torneadas que las ocultaba bajo esas batas anchas que usaba en casa.

El hombre llamó por radio al encargado de alimentar a las aves que resultó ser un muchacho más joven que yo. Llegó con una vara de madera, nos saludó con amabilidad y nos dejó entrar al lugar de los cóndores. Papá se quedó muy cerca de la entrada, mientras mi madre y yo paseamos con el muchacho por ese parque en miniatura que tenía una laguna artificial casi sin agua y un bloque de cemento y roca que simulaba una montaña con grutas.

—La hembra no se adapta. Está ahí, metidita en su cueva y solo sale a veces a comer y vuela un poco. El macho ya se acostumbró. Vuela, obedece órdenes y es el que más entretiene a los visitantes.

La hembra estaba, en efecto, escondida en esa cueva de cemento, mientras que el macho estaba posado en una barra de metal que atravesaba la jaula, quieto, observándonos desde lo alto.

Mi madre nos había venido repitiendo hasta el cansancio todo lo que teníamos que hacer ese día, paso a paso. Dirigió casi toda la operación solo con la mirada. Su semblante se

parecía a la fotografía de su DNI, solo movió algunos músculos de su rostro para pronunciar unas pocas palabras.

Entré a la cueva de la hembra que no se inmutó cuando
me vio invadir su guarida. Abrí el *cooler* lleno de hielo seco y
lo dejé muy cerca del ave. Mi madre sacó la frazada de lana
con estampados de tigres y la usó para tapar la entrada de
la cueva, sosteniéndola desde afuera como una cortina. El
ave dio unos pasos, aleteó ligeramente y levantó el cuello, lo
único que brillaba en esa penumbra eran sus dos ojos negros.

El gas del hielo seco empezó a adormecerla. Se sentó como
se sentaría una gallina a empollar sus huevos. Mientras la
observaba entre ese humo blanco la imaginaba volando libre
en los Andes, mirando el mundo desde las nubes, sin saber
todavía cómo era una jaula de zoológico e ignorando que
existían los humanos.

Antes de caer, el ave abrió ligeramente las alas. Jalé la frazada y la luz entró otra vez a la cueva. Mi madre me alcanzó
un antifaz. Tomé al ave con delicadeza y sentí su plumaje sati-
nado. Acomodé sus alas y me aseguré de que el cogote no se le
doblara. Le puse el antifaz, la envolví en la manta y salí de la
cueva sosteniéndola en mis brazos. Mi madre se había puesto
un estetoscopio al cuello. Se acercó al ave e hizo el ademán
de estar escuchando su corazón. ¿Dónde tendría el corazón
este cóndor hembra encerrado en una jaula? Me entregó el
estetoscopio y yo también intenté escuchar su corazón y oí

ese sonido de mi niñez cuando pegaba mi oreja a la mesa del comedor y dejaba rebotar una pelotita de goma.

Papá se acercó corriendo con la jaula. Corrió como un sirviente que le lleva los encargos al amo. Pude ver de cerca a mi padre mientras metíamos al ave a la jaula. Me parecía mucho a él y temí que se dieran cuenta de que éramos una familia y no un equipo de veterinarios. Sin embargo, lo que me causó el sudor frío y el temblor en las manos fue el pensar que quizás algún día yo también correría como un sirviente, vigilado por una mujer y sosteniendo mi propia jaula. Papá y yo nos fuimos por delante al auto. Mamá se quedó conversando un rato más con el jefe del zoológico. Sacó del cartapacio unos papeles que el hombre del zoológico firmó. Se despidieron besándose las mejillas.

Partimos a casa. El ave viajó a mi lado en el asiento de atrás del auto. El *cooler* seguía emanando el dióxido de carbono del hielo seco que mantuvo al ave adormecida durante todo el trayecto. Mi madre, en el asiento de adelante, hablaba de todo lo que tendríamos que hacer con el ave y la preparación del almuerzo de bienvenida para mi hermana y su novio. Papá no decía nada. Ambos estábamos tan adormecidos y hartos como el ave enjaulada.

Estando en casa, atamos al cóndor de una pata con una cinta roja y blanca. La mantuvimos todo el tiempo en la sala. El ave se mostraba más despierta y llegó a ponerse en pie. Le dimos unos trozos de carne que comió luego de resignarse a estar atada a un mueble y a solo poder dar unos cuantos saltos sobre un piso de parquet recién encerado. Cuando el ave abría las alas llevábamos más hielo seco a la sala para que se calmara. Mi madre me encargó vigilar al ave durante toda la noche, darle de comer y beber de vez en cuando y preocuparme de limpiar en caso se cagara en el piso.

Cuando todo estaba oscuro y ya casi no se oía ningún ruido en el barrio, el cóndor dio un salto y el largo de la cinta a la que estaba atada le alcanzó para posarse sobre un sillón. Incrustó sus garras en el gobelino del asiento y se acurrucó. Yo la observaba desde el sofá ubicado al otro lado de la sala. Tuve ganas de liberarla. Pasaron una horas y decidí acercarme a ella. No le molestó mi presencia y dejó que pasara mi dedo meñique por sus plumas negrísimas y satinadas. La imaginé perdida en esta ciudad, posada en algún edificio del centro, confundiéndose entre gallinazos y palomas, extraña, añorando las cumbres de los Andes a las que ya no podía volver. No la quise dejar ir, no quise dejar que comiera en los basurales del río o que se empachara de muertos.

❋ ❋ ❋

Papá ya había salido al aeropuerto para recoger a mi hermana y a su novio. Mi madre estaba terminando la decoración de la mesa del comedor con mantas de Huancayo, cerámicas de Chulucanas, quenas y las ollas de barro que pronto llenaría con la comida que ya tenía lista en la cocina. Al llegar el mediodía, el cóndor empezó a despertarse. El hielo seco que mi madre había repartido en varios rincones de la sala se estaba desvaneciendo por completo. Para conseguir hielo seco, había que ir a la zona industrial que quedaba lejísimos de casa y eso resultaba casi imposible.

Mi madre acudió de inmediato a la computadora a buscar en Internet si había alguna manera de atontar al ave para que no agrediera a la visita que ya estaba por llegar. Se le ocurrió que quizás podría empapar un trozo de carne cruda con unas cuantas unas gotas de su Rivotril, pero no encontró información sobre cómo actuaba este medicamento en las aves. El ave cada vez se ponía más inquieta y temíamos que la cinta roja y blanca que la retenía, aunque era bastante gruesa, pudiera romperse y que el cóndor echara abajo todos los preparativos de la bienvenida.

Pensamos que quizás podría encontrar hielo seco en el mercado; comprárselo a las señoras que vendían marcianos de fruta o, con suerte, a los heladeros en carretillas que pudieran aparecer en el camino. Mi madre salió corriendo y yo me encargué de entretener al ave. Me acordé del cuidador del zoológico, traje una escoba y coloqué un extremo sobre la mesa de centro y el otro sobre el sofá. El cóndor abrió las alas y se posó en el palo. Estuvo un buen rato dando saltos y volando muy bajo por la sala, iba y venía y al final se posaba en el palo. Le empecé a dar trocitos de carne como recompensa cada vez que llegaba al palo y con este juego la mantuve controlada.

Mi madre llegó en un mototaxi con una bolsa de rafia repleta de hielo seco. Esparcimos los trozos de hielo por la sala y todo volvió a llenarse de humo blanco. En ese momento llegó papá. Al escuchar el ruido del motor del auto, el cóndor se bajó del palo y se arrinconó, atontado, al lado del sofá.

Mi hermana y su novio entraron por el comedor y papá puso un CD. Empezaron a sonar, como música de fondo, huaynos y valses criollos en versión instrumental. Lars se presentó solo. Era un chico bastante simpático y extrovertido que se esforzaba por hablar castellano con la familia. Le sorprendió que en la sala hubiese tanto humo blanco y preguntó si se trataba de la famosa neblina limeña. Mi madre me hizo un guiño, así que fui a sacar al cóndor de su escondite. El ave, aún no del todo adormecida, dio un salto y se posó sobre la mesa de centro.

—Podría ser la niebla de Lima, pero es lo que mantiene tranquilita a nuestra ave milenaria del Perú. Es el gas inocuo que sale del hielo para marcianos.

El ave se quedó quieta en la sala y nos dejó disfrutar del almuerzo como turistas que probaban un manjar exótico. Eso nos dio a todos una especie de rara felicidad, como si no fuéramos nosotros mismos sino un grupo de desconocidos dis-

frutando de un *tour*, almorzando juntos en el mejor restaurante turístico del pueblo en el último día de ese viaje del que
no queríamos volver.

Aparato Avisador

ELLA DECIDIÓ que el mejor lugar para esperar el embarque sería un baño. Escogió uno al azar y se encerró. Se sentó sobre la tapa del váter y fingió estar vaciando el cuerpo. De vez en cuando, el inodoro arrojaba descargas automáticas. Se entretuvo escuchando torrentes de aguas y desagües, regueros de orina, la fonética de alguna arcada y trozos de mierda zambulléndose. Todos esos ruidos le resultaban más apacibles que el enjambre sonoro que emitían los pasillos y las salas de espera del aeropuerto.

Del mismo modo que los sonidos de la naturaleza le traían sosiego, los ruidos del cuerpo también distendían su ánimo y le daban una sensación primitiva de seguridad. Más allá de poder reconocer esos ruidos como propios y familiares, sabía que quienquiera que se encontrase evacuando el cuerpo no era otra cosa que un ser vulnerable e inofensivo.

Alguien tocó la puerta con rigor. El miedo ante la invasión hizo que abandonara el baño de inmediato. Cuando Ella se encerraba en el baño de casa, Él también tocaba la puerta con rigor. Sus nudillos se estrellaban contra la chapa y dejaban esquirlas que luego se podían respirar. Apenas Ella destrababa el pestillo, Él tiraba de la puerta dejándole una cachetada de aire que escocía.

Cuando Él entraba, Ella retenía en sus pulmones ese aire doméstico infestado de pelusas y astillas y se acercaba al lavamanos para seguir el ritual. Se concentraba en la espuma del jabón entre sus dedos y fingía estar liberándose de los gérmenes que la orina o mierda imaginaria le habrían dejado en la piel. Abandonaba el cuarto de baño y cuando Él cerraba la puerta, Ella espiraba. Enseguida llegaban los ruidos que salían del cuerpo de Él.

❊ ❊ ❊

Ella atravesó los pasillos del aeropuerto obedeciendo a sus glándulas, al olor ácido emanando de sus axilas y al sudor meloso de sus manos. En cada paso, el corazón le golpeaba el pecho desde dentro como un no nacido pateando las entrañas de una mujer preñada.

Tenía sed. El cuerpo se le iba cerrando como un molusco. Sus vísceras cubiertas de membranas perladas y sus órganos del color del coral se aplastaban entre ellos y le quitaban el aire. Las manos le empezaron a temblar. Entró a una cafetería y quiso beber una cerveza, pero era la hora del desayuno.

Nuevamente tuvo que fingir. Fingió tener hambre. Ordenó un desayuno inglés. Cuando estuviera listo, pediría una cerveza o quizás dos.

Un cajero le tomó la orden y la invitó a esperar en el comedor. Además del recibo, le entregó un artilugio que le avisaría cuando su pedido estuviera listo. En la mesa, notó que el temblor de sus manos se había intensificado. Tomó el pequeño artefacto que había recibido en la caja y empezó a manosearlo para apaciguar la tensión de sus nervios. En medio de ese ejercicio se preguntó cómo se llamaría el aparato.

El objeto era un disco de plástico de dos tipos. La base era dura, compacta y de color negro y estaba cubierta por otro plástico más fino y casi trasparente. Ella lo acercó a la altura de sus ojos y distinguió que éste encerraba una serie de perlas de vidrio unidas por filamentos metálicos. El aparato se parecía a las pastillas negras de caucho que se usan en el *hockey*. Pensó en Él. Una vez Él le había dicho que debería enriquecer su vocabulario y que ese disco se llamaba *puck*. También le había enseñado a pronunciar esta nueva palabra. *Puck as fuck*. Él le repetía la retahíla de palabras *puck fuck puck fuck* mientras movía la cabeza de un lado al otro.

El aparato se iluminó, sonó y vibró al mismo tiempo. Todo ese barullo que viajó desde su tacto a su cerebro la descompuso. A pesar del temblor y el desconcierto, logró atravesar el laberinto de mesas y gente de la cafetería. A pocos metros del mostrador, el aparato dejó de chillar. Con un poco más de calma, Ella recogió su desayuno y no olvidó pedir las cervezas.

Mordisqueó las salchichas y se embutió un par de cucharadas de frijoles antes de recibir los borbotones de cerveza que resbalarían por su esófago. El alcohol se le empozaba en el cuerpo y el temblor de sus manos iba cesando en cada trago. A ratos picoteaba un poco de comida y jugaba con los cubiertos y vasos. Fue en ese traqueteo cuando notó que el aparato había regresado con ella en su bandeja. Otra vez pensó en Él. Colocó el aparato sobre la mesa y le clavó un cuchillo logrando quebrar una parte del plástico transparente que lo cubría.

✻ ✻ ✻

Él era inglés; *London bridge is falling down*, como las pintas de cerveza que acababa de beber, como el desayuno que dejó a medias en la cafetería, como la caza de ciervo, como el *cricket* y el *rugby* y como el idioma que le había enseñado a pronunciar. *Puck, fuck, suck, buck, chuck, ruck, luck, my fair lady*. Conocía todas estas palabras ajenas que empezaron a sonar en su cabeza como una marcha que marcaba el ritmo de sus pasos hacia la zona de embarque.

Pasó los controles de seguridad y fijó la vista en las pantallas luminosas que mostraban los destinos. Se alegró al reconocer el suyo brillando en amarillo. Mientras acomodaba las cosas que llevaba en su bolso y se ajustaba la chaqueta, un guardia de seguridad la detuvo. *Random check*.

El Guardia empuñó un detector de metales y Ella cerró los ojos. Detrás de sus párpados se dibujó el bate plano del *cricket* mientras el Guardia deslizaba el detector de metales sobre los contornos de su silueta. A la altura de sus rodillas, una alarma sonó. Ella sacó del bolsillo de su chaqueta el aparatito que le habían entregado en el restaurante y se lo mostró al Guardia. *What is this?* La palma de su mano sostenía un objeto de filamentos metálicos estrujados cubiertos por trozos de plástico quiñados y a punto de desprenderse. Algunos restos de migas y pelusas envolvían al aparato desactivado.

La visión del objeto descompuesto sobre su tacto la aterró tanto como cuando éste chillaba, vibraba y emitía luz. El temblor volvió a sus manos. El Guardia la tomó de un brazo y Ella se dejó. *Please follow me*. La mayoría de retinas que habían reparado en la escena se humedecían de miedo y reproche, solo unas pocas reflejaron compasión. Durante el trayecto por los pasadizos del aeropuerto, las posturas de ambos cuerpos se adaptaron de tal forma que guardia y detenida parecían una pareja andado del brazo por una alameda. A pesar de que la detención fue delicada, Ella estalló en llanto.

❋ ❋ ❋

En la habitación de seguridad, Ella confesó que había bebido alcohol con el estómago vacío, que había destruido el aparatito del restaurante y que no tenía ninguna intención de causar una situación de alerta. Después de los interrogatorios y las disculpas, le llegó la calma conocida del encierro y de la soledad custodiada. Dio un sorbo al té que le habían servido y se quemó la boca. Una ampolla se le iba formando en el cielo del paladar mientras un altavoz que no alcanzó a oír anunciaba la partida de su vuelo y su destino.

El Guardia abrió la puerta de la habitación, le entregó el bolso que le había sido retenido y le dijo que todo estaba en orden. Ella deseó que el Guardia la escoltara hacia alguna salida, pero este permaneció quieto. Quiso dar un paso, pero la rigidez de su cuerpo la mantuvo estática y fue entonces cuando Él apareció.

Él la rodeó con sus brazos y la apretó contra su cuerpo. Ella tuvo tiempo de girar la cabeza hacia un lado para evitar ahogarse en su pecho. Solo le quedaron libres la boca, la nariz, los ojos y la oreja izquierda. Sus sentidos procuraban no apartarse del Guardia quien acomodaba algunos papeles y recogía la taza vacía. Esperó durante algunos latidos, hasta que Él hundió la boca sobre la mollera de Ella que parecía tan blanda como la de un bebé. El cuero cabelludo cedió ante labios, lengua y dientes que besaban y al mismo tiempo, pronunciaban alguna frase tirante entre las raíces de su pelo. *Don't cry.*

Los ruidos de las palabras le atravesaban las cisuras craneales y se transformaban en un eco difuso y torácico que Ella percibía en su oído aprisionado. *Don't try. Don't cry. Try. Cry. Try.* Ella no logró descifrar lo que Él le decía en su idioma.

Sin entenderse, sus cuerpos se unían como la cópula de dos caracoles. Cuando el Guardia se aproximó hacia la pareja, Ella logró despegarse ligeramente, estiró el cuello y alcanzó a exhalar dos palabras. *Excuse me.* El Guardia se detuvo. Él hinchó el pecho hasta pegarse a los bordes del cuerpo de Ella. El esternón del macho llegó a rozar la yugular de la hembra. Bajo esa turbación, Ella solo atinó a preguntar cómo se llamaba el aparato que antes había desmantelado.

Pager, dijeron ambos hombres con voz unísona.

Los brazos de la pareja se desenmarañaron. Ella bajó la mirada y observó las cuatro botas negras y brillantes de los hombres puestas como espejos enfrentados. Le pareció ver su rostro reflejado infinitamente sobre el charol de esos zapatos.

La transfiguración
de Melina

DE CAMINO al colegio, Melina miró al cielo y elevó una plegaria como acostumbraba hacerlo. El cielo nunca le había respondido, pero esa mañana la Providencia le dejó dos señales: un hombre atropellado y una caja que voló desde el lugar del accidente hasta aterrizar justo a sus pies, haciéndola trastabillar.

La joven recogió la caja y se dirigió hacia el tumulto de cuerpos curiosos que se acomodaban como estacas de carne cercando al herido. Melina se abrió paso a empujones entre la montonera. Quiso ayudar al atropellado y devolverle sus pertenencias. El pulso se le disparó mientras se acercaba el herido. Allí, entre todas esas sangres indolentes, Melina distinguió la suya: la muchacha conoció a su propia sangre rabiosa que recorría todas las venas y arterias que la habitaban. Melina adquirió un cuerpo nuevo y más turgente aún que el que la juventud le otorgaba por naturaleza. Una creciente agitación la envolvió mientras se aproximaba a lo desconocido. Está muerto, pensó. Intuyó que se acercaba a algo totalmente opuesto a lo que era ella y, sin embargo, supo también que eso era, al mismo tiempo, parte de ella.

Lo que Melina no logró comprender fue que los latigazos de escalofríos que sufría su pellejo y los golpes de calor en su vientre eran una manifestación de esa vida galopante que escondía debajo de la piel. Esa súbita metamorfosis le significó dolor y miedo. Melina tuvo un destello del segundo que le tomó salir del cuerpo de su madre, su mollera valiente abandonando el útero y desembocando en la vulva dilatada de una parturienta. No supo que estaba naciendo otra vez y pensó que le rodeaba la muerte. Se aferró a la caja, separó las piernas como un soldado en descanso e inhaló y exhaló aire, como lo hizo su madre antes de parirla. Su cabeza se volvió ligera. Toda la sangre se le concentraba en el centro del cuerpo, desde el pecho hasta los filos carnosos de su sexo cubiertos de vello oscuro y brillante.

Tuvo un vahído.

A pesar de la turbación, la muchacha logró observar con detalle al herido. Era alto y de complexión atlética. El pelo y la barba, perfectamente recortados, eran del color del café regado que absorbía el asfalto. Miles de fibras de gabardina azul le sujetaban las caderas y piernas. El torso y los brazos estaban envueltos en el blanco luminoso de una camisa de popelina. Las líneas definidas de los huesos de su cráneo sostenían la máscara de piel aceitunada de su rostro en proporciones perfectamente simétricas: tabique y cartílago nasal rectos y estrechos, maxilares y frontal amplios. Bajo el horizonte de los parietales se hundían un par de ojos verdes que alumbraban con intermitencia entre un abanico de pestañas y el pellejo fino de los párpados arrugándose de dolor. Melina no supo decir si era un hombre joven o maduro. La corona de sangre que le rodeaba la frente y resbalaba por sus mejillas cubría las posibles arrugas que el tiempo habría dejado en el rostro del accidentado.

El sonido de una sirena de ambulancia la sacó de su embeleso.

Melina continuaba de pie con la cabeza del herido muy cerca al filo de sus zapatos de colegio. A la derecha del hombre, había una mujer en cuclillas que había posado una de sus manos sobre el pecho del atropellado. Al parecer, era una transeúnte que acudió al auxilio y llamó de inmediato a urgencias. Ambas se quedaron al lado del hombre hasta que llegaron los paramédicos. Con cuidado, lo acostaron en una camilla cubierta de un lienzo blanco y luego elevaron el cuerpo doliente para meterlo en el vehículo de carrocería amarilla y brillante. La luz silenciosa de las balizas incendiaba la escena, y el resplandor de la carrocería de la ambulancia caía sobre sobre las cabezas del tumulto dejándoles una aureola sagrada.

La multitud se dispersó con el ruido de la sirena que se alejaba del lugar. Melina miró a su alrededor. Nadie se había percatado de su presencia en medio del trajín de la mañana. La muchacha guardó la caja en su mochila y se fijó en la hora. Decidió no ir al colegio porque ya era tarde y porque su cuerpo, nuevo y efervescente, le ocasionaba un malestar agradable que ella entendió como una fiebre.

Volvió a casa y encontró a su madre poniéndose el abrigo, lista para salir a trabajar. Melina le contó sobre el atropellado, el tumulto indolente, su malestar, la ambulancia, pero su madre iba con prisa. Antes de salir, notó el rubor en la piel de su hija. Le tocó la frente y luego le pidió a la chica que abriera la boca. Sacó de su bolso una pastilla blanquísima de ibuprofeno y se la puso en la lengua. Se despidió de ella con un beso en la mejilla. Voy a avisar al colegio. Tú, acuéstate y abrígate, le dijo. La madre dejó la casa y la muchacha obedeció.

Sin quitarse el uniforme de colegio, Melina se metió a la cama y se envolvió en una manta de lana muy gruesa. Se quedó dormida apenas su aliento tibio y el ritmo de su respiración se integraron en todo el calor del capullo lana en el que reposaba. Soñó que podía volar, que besaba a su compañero de colegio y que la empapaba la lluvia estando uniformada; soñó que viajaba en un autobús lleno de soldados; soñó que llegaba desnuda a un examen y que encontraba un fajo de billetes en una olla, soñó con el hombre atropellado, con *La crucifixión* de Rafael en su libro de arte, soñó que la caja estaba llena de piojos y pelos enmarañados.

Melina despertó macerada en su propio sudor. La fiebre le había bajado. El sueño la había repuesto y el accidente que había presenciado esa mañana se convirtió en una serie de imágenes lejanas y borrosas. El sudor que se le iba enfriando en el cuerpo la devolvía al terreno de la cautela. Melina era bienintencionada, pero, sobre todo, muy sagaz.

Pensó en devolver la caja a su dueño. Solo había dos hospitales cercanos al lugar del accidente. Abrió una página web y comparó las distancias entre los hospitales y el lugar del atropello. Se alistó para empezar por el más cercano, pero luego evaluó su impulso. Le pareció poco prudente ir de inmediato a dejar esa caja a un hospital. Pensó que debería esperar hasta el día siguiente y, mejor, presentarse acompañada con alguno de sus padres.

La caja era un paquete postal certificado de Bring, una compañía de transportes y envíos a domicilio que servía a distintos tipos de empresas. Melina tomó la caja. La etiqueta indicaba que el contenido pesaba 1180 gramos y su contenido parecía estar muy bien embalado, pues la muchacha agitó varias veces la caja y ningún ruido salió de esta. Parecía estar llena de algún gas noble.

Recordó el aspecto del atropellado. Seguramente es algún artefacto tecnológico, pensó. Un teléfono móvil, un iPad, un par de auriculares inalámbricos; aunque también podría ser un par de zapatillas ultralivianas, proteínas en polvo o ropa deportiva. La mente de Melina se convirtió en un catálogo en línea que comparaba esos regalos que tanto quería y le llegaban intactos en una caja de Bring. Vio sus rizos oscuros alisados con la plancha de cerámica para el pelo, se hinchó los pulmones de aire para inflar su unicornio gigante de plástico, sus ojos castaños resaltaban con los colores la paleta de maquillaje Urban y actualizaba sus fotos en redes sociales desde su nuevo teléfono móvil. Al final del catálogo, llegó al objeto que más ansiaba: la *Necomimi*, una diadema con orejas de gato que podía leer sus pensamientos.

Melina dudó. Consideró la posibilidad de quedarse con el paquete, pero, al mismo tiempo, le preocupaba qué explicación le podría dar a sus padres cuando vieran esos regalos. ¿Y si son medicamentos de urgencia?, se preguntó. Intentó distraerse de sus dudas con más información: el nombre y la dirección del destinatario. Abrió el buscador de Facebook y encontró el perfil del atropellado. Las pocas fotos disponibles eran tomas de lejos. A pesar de esto, Melina pudo reconocer los rasgos del hombre que vio herido esa mañana. Todas las fotos mostraban al sujeto de cuerpo entero, de pie y tocando algún objeto con la mano derecha: un yate, un auto deportivo, la cabeza de un mastín italiano y una estatua de mármol de Dionisio.

No puedo juzgar a alguien por su aspecto o posesiones, pensó. Decidió, definitivamente, devolver el paquete. Sin embargo, se permitiría una recompensa por su honradez: abrir la caja y satisfacer su curiosidad. No es curiosidad porque sí, también es muy importante saber qué estoy llevando, se dijo. Tenía claro que lo mejor era no dejar rastro de su intriga sobre la caja. Fue a la cocina y puso a hervir su curiosidad en una olla. Con el vapor, derritió el pegamento de la cinta de embalaje y la retiró con cuidado de no romper la etiqueta del destinatario ni de dejar algún de desgarro en el cartón. Finalmente abrió la caja: debajo de varias almohadillas de gomaespuma encontró una factura:

Masajeador personal inalámbrico LELO Smart Wand	1 artículo	175,00 €
Set clásico LELO Luna Beads	1 artículo	48,00 €
Thai Love Pearls	1 artículo	11,00 €
Subtotal		234 €
IVA		49,14 €
Gastos de envío		9,35 €
Total a pagar		292,49 €

Melina volvió a su habitación sujetando la caja contra su pecho. La sangre le golpeaba las venas al mismo tiempo que su carne se erizaba y contraía. El contenido del paquete le resultó extraño, retorcido y valioso. Esos objetos valían mucho más que su diadema, su plancha de pelo, su unicornio hinchable y su paleta de maquillaje; todo junto.

La muchacha observó con cuidado los objetos de la caja. Ese masajeador podía ser usado en los músculos de un cuello entumecido, pero Melina supo que el aparato estaba, evidentemente, diseñado para penetrar el cuerpo. Las *Thai Love Pearls* parecían un rosario de cuentas de vidrio de color rosa. Diez plegarias. Imaginó los miles de usos que podrían tener. Intuyó para qué servían todos esos objetos, pero quiso saber con exactitud de qué manera se usaban. Las esferas de colores pasteles le recordaron a un juguete de su infancia: las bolas de Pokemon.

Son juguetes, se dijo.

Melina se lanzó al teclado del computador: *Sex toys. Tonifica tu suelo pélvico. Clímax más intenso con Luna Beads. Bolas chinas. Bolas tailandesas anales. Cristal. Ejercicios de Kegel. Silicona. Lubricante. Oro. Vibraciones.* Navegó por varias páginas web de *sex shops* en línea. Leyó instrucciones, comparó precios, estudió variedades de materiales y tamaños, evaluó reseñas de usuarios y observó con atención varios tutoriales en video. Luego de esa revelación, Melina vaciló.

Sus pensamientos saltaban de un lado a otro de sus sienes, agitándole los globos oculares: devolver esos objetos era exponerse a un riesgo; si los vendo, obtendría mucho dinero, el dueño de la caja es un depravado; músculo púbico coxígeo; o quizás es una persona normal; es un encargo para un tercero; ¿cómo podría vender juguetes sexuales?; las bolas son para su esposa que ha tenido un parto de gemelos; un error de envío; recomendación de un ginecólogo; es homosexual y sin hijos; venderlos también sería riesgoso; quizás no hay peligro; es mío y me cayó del cielo.

Agobiada por sus dudas, decidió guardar los objetos en la caja y la escondió debajo de su cama. Melina se acostó sobre su hallazgo y durmió el resto de la tarde. Cuando sus padres volvieron del trabajo, su madre la despertó y notó a su hija afiebrada.

Durante la cena, Melina estuvo callada y solo mordisqueó la mitad del filete. ¿Tienes nauseas?, le preguntó la madre. El padre abandonó el comedor. No, solo me duele el vientre, explicó la muchacha. La madre le sirvió una infusión de hierbas. Te voy a preparar una bolsa de agua caliente. Ve a tu cama y enseguida te acompaño, le dijo. Melina se recostó en su cama y esperó a su madre con la taza llena de infusión caliente sobre el pubis. ¿Estás en tus días?, le preguntó la madre. La muchacha se ofuscó y se llevó la taza a la boca. Después de un rato, madre e hija se quedaron acostadas y en silencio compartiendo el calor de la bolsa de agua.

Esa noche, Melina no logró dormir. Se enredó entre las sábanas, pateó las mantas, abrazó a su almohada. Varias veces descolgó el cuello por el filo de la cama para mirar si su tesoro seguía allí. Iba del edén al calvario, del frenesí al dolor. Lloró y quedó exhausta. Susurró una plegaria y se quedó dormida arrullada en su propia voz. Su sueño duró pocas horas. Cuando su madre la despertó para ir al colegio, Melina protestó. La madre notó el malestar de su hija en el cambio de su carácter dócil y en sus ojeras. Duerme, quédate en casa, le dijo. Melina se acurrucó. ¿Segura de que no tienes nauseas?, preguntó la madre. No, solo estoy cansada, respondió la chica. Voy a llamar al colegio, pero cuando regrese del trabajo tenemos que hablar, sentenció la madre.

Apenas se quedó sola en casa, Melina se arrastró por debajo de su cama.

No puedo quedarme con esto, pensó mientras observaba la caja abierta sobre su cama. Rompió el sello adhesivo del envase de cartón negro y letras doradas que contenía el vibrador. De todas formas, todo esto es mío y me cayó del cielo, se dijo. Puso a cargar el aparato y se desnudó frente al espejo. Se observó el cuerpo con cuidado y entendió que ella también había sido atropellada con una extraña y súbita rabia en ebullición que le marcaba la piel con manchas de rubor.

La muchacha se acostó en el suelo, encendió el masajeador y lo colocó sobre su pubis aplicando presión con una mano. Cerró los ojos. Una cadena de vibraciones circulares le recorrió el cuerpo desde su sexo, trepando por su mano izquierda hasta descontrolar sus latidos, enroscándose en su cuello como una bufanda de alfileres que se estiraba a través de su espalda mojada y adherida al parqué de pino. Su mano derecha jugaba en un vaivén con sus pechos firmes y generosos: los cubría con pudor y los frotaba con descaro. Las brasas de la madera le ardían en las nalgas y desde el vientre le nacían serpientes de fuego que se le enredaban en los muslos tensándolos. Su cuerpo volvió a la efervescencia de esa mañana, a su rabia, a la cercanía de la muerte que la llenaba de vida.

El cuerpo de Melina se mantuvo rígido, la muchacha fue, por unos segundos, un cadáver en ebullición y luego se encogió en posición fetal. Melina escondió las manos entre sus piernas cruzadas; quizás intentando apaciguar el golpe de placer de las contracciones que oscilaban entre su vientre y el pubis, o quizás agarrándose a ese nuevo dolor para no soltarlo jamás.

La muchacha tomó su móvil, escogió el filtro luminoso con corona de flores e hizo una foto de su rostro ruborizado y sonriente. Agregó una leyenda *"Really sick ;-)"* y la envió a sus compañeros de colegio en un Snapchat grupal. De inmediato aparecieron los primeros comentarios: *linda, YOLO, mejórate, OMG, no mientas, ero kawaii!, #updateprofilepicnow, te llevo los apuntes, bella, Meli BFF :*, lucky bitch! =^_^=, diosa.*

La ola de burbujas, corazones y comentarios continuaba meciéndose sobre la pantalla de su teléfono mientras la muchacha ojeaba las fotos en redes sociales de sus compañeros de clase, de los chicos de su barrio, de su DJ favorito, de su profesor de arte, del hermano mayor de su amiga y del hombre atropellado.

En efecto, Melina se sintió afortunada y diosa.

Volvió a tomar el vibrador, lo encendió y se lo colocó nuevamente sobre el pubis. Quiso cerrar los ojos, pero se resistió. Prefirió observar detenidamente al aparato perdiéndose entre el vello oscurísimo de su pubis. Se resistió a doblar el cuello, mantuvo la cabeza erguida y, en un solo movimiento, la vara de plástico atravesó labios mayores, menores e himen y se quedó vibrando en lo más profundo de su sexo. El placer la cegó y, enseguida, el dolor la atropelló; le dobló la espina dorsal y las rodillas. Melina encogió el cuerpo y parió ese objeto tan extraño y tan suyo.

La muchacha se incorporó con dificultad. Un hilo de sangre le recorría el muslo derecho. El aparato seguía vibrando sobre el parqué de pino, barnizando con diminutas gotas de su sangre, pura y rojísima, las grietas inalcanzables de todos esos árboles muertos. Melina colocó el pie sobre el artefacto y lo aplastó con todo el peso de su cuerpo. El motor se quedó quieto. Se decidió a andar hacia el baño. A pesar del dolor, sus pasos eran firmes como siempre.

Melina se había quitado el yugo de la pureza. En la Tierra, nunca existiría un hombre digno de merecer su virtud ni capaz de cargar con la pérdida de su inocencia. Bajo la ducha tibia, la duda, la ofensa, el error y la desesperación se disiparon; sangre y dolor cesaron al mismo tiempo. El agua corría sobre su cuerpo esculpiendo curvas y líneas. Melina se erigía sobre un pilar de espuma Palmolive y mármol de Porcelanosa.

Se vistió con calma. Abrió las cortinas y ventanas de su habitación. El aire tibio se le enredó en el pelo húmedo. Miró al cielo. El sol todavía no había llegado a su cumbre. Tengo tiempo, se dijo. Reunió los artículos del envío ajeno, los embaló en la caja y salió a devolverla a su dueño.

Llegó a la dirección del destinatario y tocó el timbre. Un hombre se asomó a recibirla. Ella lo saludó y después de una explicación breve, le entregó la caja. El hombre se mostró agradecido y la invitó a pasar al jardín. El resplandor del sol no le permitió distinguir si ese hombre era el atropellado de ayer. Ella aceptó. Caminaron uno al lado del otro, pisando la hierba húmeda que parecía recién cortada. El hombre atravesó una mampara y desapareció, llevándose la caja. Después de un momento volvió a aparecer en el jardín con una jarra de vidrio tallado. La jarra estaba llena de hielo y rodajas de limón que flotaban en un líquido burbujeante. Se sentaron en unas tumbonas mientras el sol seguía ascendiendo. Melina colocó su mano sobre la frente haciendo de sus falanges una visera y observó el rostro del hombre. Sus ojos eran del color de la hierba. Se detuvo en su frente y no vio rastro de heridas o sangre.

Me gustaría recompensarte, dijo él mientras llenaba el vaso de la muchacha. No es necesario, respondió ella. Me gustaría mucho, insistió él. Melina tragó un sorbo grande y se estremeció ligeramente mientras el líquido burbujeante descendía por su garganta. Tú debes ser la última chica honrada que queda en la Tierra, dijo él. La joven recogió las piernas, las rodeó con sus brazos y las empujó contra sus pechos. El sol del mediodía coronaba al hombre con una aureola dorada. Melina bajó la cabeza y apoyó el mentón sobre sus rodillas;

pensó en la caja, en su contenido y en su valor. Quiso pedirle una diadema *Necomimi*, pero solo atinó a pestañear varias veces como un gatito. Con una sonrisa, el hombre atravesó el gesto de la muchacha y lo convirtió en rubor.

Entonces, Melina tuvo una revelación: ese hombre podía leer sus pensamientos.

Actor

NUNCA TE lo he dicho, pero me enamoré de tus huesos: la forma en cómo las vértebras de tu columna se marcaban en tu piel de mármol, blanquísima. Es algo que guardo en la memoria desde el día en que te conocí. Llevabas esa blusa con la espalda descubierta y te movías. Podía ver cómo danzaban tus huesos, veía la penumbra que se quedaba en tus clavículas y la luz que brillaba en tus hombros.

Recuerdo cuando te vi desnuda por primera vez: te puse de espaldas con cierta violencia, con esa violencia de un niño al romper los papeles de regalo que envuelven sus juguetes, y toqué cada uno de tus huesos. Encajé mis nudillos entre las vértebras de tu columna, metí mis cuatro dedos en tus clavículas, deslicé mis manos por tus tibias, me morí de placer sintiendo tus rodillas duras en mis palmas blandas, hinqué mis pulgares entre tus costillas, tus falanges, en el filo de tus mandíbulas. Trataba de dejar grabado cada toque de mis manos en la memoria de tus huesos.

Cuánto te cuidaba entonces. Ahora las cosas han cambiado, ya no puedo ver tus huesos.

Hace días te vienes quejando de dolor de espalda y no me importa. No sé si te dolerán los huesos de los que yo me enamoré, o los músculos. Solo sé que te quejas.

Hoy por la mañana me has dicho que tenías ganas de sexo. He pensado que a lo mejor me estás mintiendo y no te duele la espalda. He querido excitarme y he cerrado los ojos para ver esos huesos marcando tu piel de mármol de entonces. He tratado pero no he podido. Mejor lo dejamos, no vaya a ser que te pongas peor. Has vuelto a quejarte.

Estoy cansado. No quiero darte un masaje, pero aquí estoy, descubriendo tu espalda y pensando nuevamente en cómo era tu columna cuando eras joven. Una columna vertebral como una escalera etérea que se ondulaba, que se deslizaba, que me volvía loco.

Hundo mis manos en tu carne y no siento tus huesos. Te quejas de que soy muy brusco, te quejas y yo me canso.

Tengo ganas de golpearte y de llorar por eso, por todo, pero solo me quedo en silencio mirando tu espalda, buscándote, pues no te reconozco. Tú me hablas del amor, que los masajes con amor lo curan todo, me hablas de las energías positivas y de toda esa mierda que lees en las revistas del corazón.

El amor no me sale, pero sí la loción de este tubo que cae a borbotones sobre mis zapatos de gamuza.

Me enfado. Me molestas, me molesta tocarte, amasarte.

—Mejor será que te acuestes.

Necesito tomar aire. Paso por la farmacia y te compro otro tubo de loción. Busco algo para que te entretengas, una revista de modas y quizás con esto cambies tu manera terrible de vestir. He comprado también un rotulador porque sé que subrayas los tipos de belleza y se los cuentas a tus amigas, y los de pareja, me los echas en cara a mí. Me hablas de crisis, de que la relación podría mejorar. Eres una cabrona completa. No me pidas que te quiera ahora que estas más vieja, más acabada, ahora que se te ha ido el brillo, ahora que no veo tus huesos porque estás gorda. No me pidas que te quiera cuando sé que me has engañado.

Tengo que fingir ternura al entrar al cuarto. Me gustaría ser un actor, me gustaría ser Jack Nicholson. ¿Como hará Jack Nicholson cuando tiene que actuar y parecer tierno? Yo levanto las cejas, aprieto los labios, hago una sonrisa blanda, te doy palmaditas en las manos y te las beso. Te dejo la revista, el rotulador, el tubo de loción muscular en la mesita, al lado de tu inmensa y horrible espalda desnuda. El sueño parece vencerte y yo sigo con la cara de Jack Nicholson tierno.

De pronto despiertas e insistes que te dé un masaje. Tantas veces has mencionado la palabra «masaje» que me duelen las sienes. Cuando quedas totalmente relajada, se me ocurre escribir con el rotulador en tu espalda, en la parte que más te duele: «me tiro a otra y esa es mi única felicidad. Doctor, ayúdeme con esto»; mientras sigo dándote un masaje flojo y desganado.

Ya casi te has dormido y crees que la tinta del rotulador huele a medicamento. Dices que sientes cierto alivio, a lo mejor es porque la he comprado extra forte. Mañana te llevaré al médico. Por ahora duerme, te lo suplico por dentro, mientras sonrío ligeramente.

Soy un mal actor.

Hoy he renunciado al trabajo, o más bien he dejado de ir. Después de dejarte en la consulta del médico, me he pasado todo el día leyendo, cosa que disfruto mucho y hace tiempo no hacía. También he tomado unas cervezas y he visto un poco de fútbol. Ojalá que el doctor me ayude y que vengas calmada, y que me digas que empezaremos una vida nueva y que seremos algo así como compañeros de piso, que es así como mejor funcionan los matrimonios.

Llegas de la consulta muy contenta y con un nuevo medicamento que el doctor te ha dado. Me imagino que a lo mejor te habrás follado al doctor. Todo bien, pues ya no me duele que me mientas.

Seguro habrá leído lo que puse en tu espalda mientras te tomaba por el culo. Si así eres feliz, yo te dejo, pero no te olvides que los chicos están ya en exámenes y necesitan quedarse horas extra en la escuela; no descuides eso. Prepárales los almuerzos, que yo me encargo de comprar una PC nueva para que se sobrecarguen de datos y no jodan después con que no tenían suficiente información y que por eso reprobaron.

Ahora que te he visto contenta al regreso de la consulta, ya he tachado un problema en mi lista. Si decides finalmente enrollarte con el doctor, en buena hora, porque él tiene dinero y así no usaras el mío para pagarles camisetas y conciertos a tus amantes. A lo mejor hasta nos paga el divorcio. Quizás así sí acepte. Déjame que piense primero en los chicos.

Otra vez debo actuar, otra vez me pides un masaje. Ahora soy Hugh Grant, pongo una cara de idiota que presta atención. He actuado como Hugh Grant toda mi vida.

Mientras te vas desvistiendo pienso en la prostituta negra, en la del escándalo y por qué yo nunca fui el verdadero Hugh Grant, por qué yo nunca estuve con una prostituta negra. Pienso en cómo se debe sentir estar con una prostituta negra y me lo imagino.

Me imagino sus huesos sobresaliendo sobre una piel oscura como mis falanges en el cuero de mis guantes, haciendo las cuencas de sus clavículas y sus pliegues oscurísimos, huecos, callejones sin salida. Una ceguera de placer me invade y tengo una erección que me dura poco. Tu voz chillona ha subido de tono. El doctor tiene que chequearte dentro de quince días para ver si hay mejoría, quizás tendrías que seguir una hidroterapia. Estás preocupada. Métete al jacuzzi con el doctor, pero dile a él que se dé el trabajo de aplicar la loción en tu regordeta espalda colorada.

Te beso los hombros mientras abro lentamente tu bata. Me encuentro con tinta negra del doctor: «cuenta conmigo: www.hombressanos.com». Te pongo la loción y me doy cuenta de que tiene 70% de alcohol. Tu espalda se vuelve una mancha negra. No sé si preocuparme por la mancha, por tu reacción, por si sabes lo que tienes escrito en la espalda, como cuando en el colegio te pegaban carteles con la frase «patéame» y así caminabas por las calles sin enterarte de los que se reían de ti. No sé si sabes que eres un pedazo de carne que usamos el doctor y yo para comunicarnos. Un tablón de mensajes blando.

Toda esta mancha negra me ha dejado desconcertado, como si todo estuviera fuera de control. Te has quedado bocabajo con la espalda desnuda y yo con las manos negras de tinta, sin poder tocar nada.

—Una ducha caliente les vendría bien a tus músculos, ¿no?

Lo hago por las sábanas blancas de seda que me han costado un ojo de la cara.

Entonces allí estamos, tú y yo, en la ducha. No quiero mirarte mientras enjabono tu espalda. Miro entonces las gotas que se resbalan por la cortina plástica. Tengo otra vez ganas de llorar. Me gustaría que lloviese ahora, en verano. Tengo ganas de oler a hierba mojada, tengo ganas de oír a cada gota de lluvia estrellándose contra el pavimento y hablándome, tengo tantas ganas de sentirme vivo. Te miro el cuerpo y recuerdo la película «Psicosis». Si alguien hundiese un cuchillo sobre nuestros cuerpos ahora moriríamos desnudos. No me gustaría morir desnudo. No dices nada, te gusta que te jabone. Te quedas quieta como ese perro que teníamos cuando éramos novios, ese perro peludo y gordo al que le gustaban los baños.

Aún con el cuerpo mojado me siento a la PC. Podría electrocutarme, pero me importa poco. Leo la página web del doctor. Cabrón. Ha escrito un artículo que se llama «Hombre Nuevo» y la verdad es que desde hace días vengo haciendo lo que dice su artículo. Solo me falta encontrar un trabajo nuevo. Quizás como actor.

Hoy, a manera de tomar aire, he ido a darle gracias al doctor por su apoyo y decirle que he leído su artículo en la revista y hasta me he suscrito. Le pido que me ayude a ser hombre nuevo y que me extienda un certificado medico donde él acredite que tengo una ceguera irreversible.

Dudas un momento, pero no te preocupes, porque lo que aquí sucede es que yo no quiero que nadie se entere que yo no soy ciego realmente y eso a la vez garantiza que nadie se va a enterar que me has hecho un certificado falso y que eres un poco estúpido. Es más, el día que quiera dejar de ser ciego, acudiré a ti y así te harás famoso porque has curado una ceguera irreversible, qué más quieres. Hazme el certificado y fírmalo.

Te abrazo, te doy las gracias, doctor, y me despido. Dentro de unos días volveré por el certificado. Te dejo una botella de cava en la recepción haciéndole un guiño a tu secretaria en mis últimos días que me quedan sin ceguera.

Llego a casa y me doy cuenta de que no voy a poder leer delante de nadie. Un problema muy grande. Entonces decido que —para mi familia— mi ceguera empezará oficialmente mañana, porque hoy es primero de mes y he recibido todas mis suscripciones.

Así que me encierro en mi estudio y leo. Leo hasta que mis pupilas se secan. Mi mujer me trae un *whisky* y dice que debo acostarme. No le hago caso. Me tomo el *whisky* y sigo leyendo hasta que me quedo dormido en el estudio.

Hoy me he levantado ciego. Ella llora y me lleva al doctor. Entonces él le explica lo de mi mal y ella me dice que debería operarme. El doctor arruga las cejas pero no como Jack Nicholson, lo hace muy mal, actúa como Hugh Grant. Yo me aguanto la risa. No, no se puede operar, porque se corre el riesgo de que la ceguera se complique, es decir, no serás más ciego, eso está claro, pero a lo mejor tus ojos se volverían blancos y usar ojos de vidrio no es lo mejor. El doctor no puede inventarse una operación. Sería muy divertido, pero bueno, me basta con que me dé el certificado.

Ella me ayuda a sentarme en el sillón y me dice que debe ser una ceguera por el *stress* del trabajo. Seguro —le respondo—, porque ese trabajo, la verdad, ya me tiene muy cansado. No me dejas hablar ni porque estoy ciego. Me interrumpes contándome una historia en la que la gente se autocombustiona por *stress*, o sea se queman solitas, imagínate mi amor.

No me queda otra que renunciar, digo, mirando al techo y ensayando mi mirada perdida. Has puesto una cara y-ahora-de-qué-vamos-a-vivir, así que continúo, para tu tranquilidad, con que tengo dinero suficiente ahorrado, cariño. Y me dices, qué bueno que solo es una ceguera y no te estás quemando por *stress*. Serás borrica.

Voy a mi oficina y les muestro el certificado médico. No me creen en principio. Me preguntan las causas y les explico: mal genético, como todo lo que sucede hoy en día que hasta la melancolía es mal genético. Mal que llegó sin avisar. Explotó, así, irreversible.

Me han comprado un pastel que no dice «Hasta luego»; claro, porque soy ciego. Tomamos un cava barato porque estos creen que ser ciego es también ser idiota y sin paladar. Ya me voy. Les veo las caras a todos, algunos se ríen, me hacen morisquetas, otros realmente tienen una cara de pena de que me vaya y compruebo entonces, que esos son los pocos amigos que tenía. Ahora empiezo una vida nueva, paso la página y sigo fingiendo. Cara de pena, ceguera, hasta pronto amigos y jódanse todos.

Tú conduces y yo me relajo en el asiento del copiloto. Me desparramo con una paz y tranquilidad que no he sentido en años. Me dejo llevar, pierdo la mirada en el paisaje de la ciudad y miro los postes que van pasando, los cuento uno por uno, como cuando era niño. Observo cada cosa con la mirada perdida y lo puedo ver todo. Siento en mi piel el aire que entra con fuerza por la ventana. Cierro los ojos. Así me quedo hasta que me hablas y me dices que a lo mejor debería usar gafas oscuras. Sí es cierto, y también te pido un bastoncito de esos plegables de aluminio.

A escondidas sigo leyendo las suscripciones que a ti no se te ocurrió cancelar y también me escapo al cine. Los días a solas me los paso practicando a ser ciego: me vendo los ojos y uso las gafas oscuras. Camino por toda la casa y busco hacer cualquier cosa, subo escaleras, voy reconociendo espacios, examino texturas, me guío por ruidos. Leí hoy también un artículo en la web del doctor, que decía que por la perdida de un sentido se desarrollan otros. Muy cierto. Voy experimentando intensamente la vida en el tacto, el olfato, el gusto, el oído. Nunca he disfrutado tanto los vinos, el sexo, la música clásica, mis perfumes, el agua caliente sobre mi piel en mis duchas a solas, me he vuelto sensible a todo. Me ha dedicado el artículo. Gracias, doctor.

Tú has vuelto a trabajar después de tanto tiempo de vivir a mis expensas. Te he pedido que me compres un perro, así podré salir más seguido y hacerlo más creíble y menos complicado. Cada vez que salgo, me saludan los que venden la lotería. Son mis amigos sinceros y viejos, que no ven, pero me conocen y distinguen el ruido de cada bastón de ciego que pasa. Estoy aprendiendo a leer en Braille pero me aburre un poco, así que léeme la sección de clasificados de trabajo, a sabiendas de que sé que se requiere un ciego para trabajar en una central telefónica. Probablemente iré también al *casting* de ese anuncio que no me has leído. Buscan actor.

Finalmente me han dado el trabajo de ciego, no el de actor. Es casi lo mismo. Me han dicho que con la educación y experiencia que tengo es una pena que me haya quedado ciego. Yo sonrío. Es una pena, sí, porque creen que estar ciego es perder la memoria o lo que ya se sabe.

Contesto llamadas a ciegas, pero a veces abro los ojos para usar la central. Últimamente lo hago mejor, a ojos cerrados. Se me da muy bien por hablar con la gente y hasta alguna vez mi voz les ha inspirado confianza porque me hablan de sus cosas, las mujeres coquetean conmigo y hasta alguna me dejó su teléfono.

Hoy día busqué a una prostituta, una que me ofreció sus servicios por teléfono. Dime «Hugh» y ella me decía «*Huch*», no lo sabía pronunciar tan bien como yo, que viví un tiempo en California. Le pedí que me hablara en inglés, le dije las palabras que me tenía que decir y en qué momento. Ella repetía: «*jarder, faster, laiquit, yea*».

También le dije que era ciego, pero no me creyó. Como no me creyó, me quité los lentes oscuros y le pedí permiso para usar la cámara. Ella no se negó, pero me puso la única condición de no filmar su rostro.

Le vendé la cara y entonces la ciega era ella. Se reía cuando le ponía la venda. Ella era bonita y yo la trataba con mucha delicadeza. Cerré los ojos y fui ciego otra vez. Toqué sus huesos, cada una de las vértebras de su columna, sus rodillas, sus costillas, sus falanges y ese hueso en forma de puñal entre sus dos pechos.

Ella, quieta, se reía, confiaba en mí, y esa risa era como una canción para mis oídos. Me susurraba «loco», sonriendo. Sentía su belleza en mi tacto, la suavidad de su piel, la firmeza de sus pechos y de sus nalgas. Con los ojos cerrados, ciego de placer, sentía el brillo de su pelo en mi carne, sentía en mi olfato su olor de hembra joven. Me dijo las palabras que le enseñé en inglés. Las oía y de pronto me sonaron tristes. Seguramente nunca fue al colegio. Todo terminó triste a pesar de que yo, a ojos cerrados, sentía su sonrisa en el aire.

Abrí los ojos, abrí mi billetera, la abracé y fui ciego otra vez. No quise verla vestirse ni salir de la habitación. Mis sentidos se agudizaron, el ruido de sus pasos fueron balas que se me estrellaron contra mi vacío. Me quedé solo y miré a la cámara. *Just because you're a character doesn't mean you have character*. Presioné el botón de *fade* y luego apagué la cámara.

Camino por las calles y ya casi no abro los ojos para nada. Escucho las voces de los niños, las conversaciones de los viejos, el ruido de los granos de maíz que caen en el pavimento, los aleteos de palomas hambrientas, los pasos de la gente con prisas. Siento una ligera alegría que me lleva a volver a casa a compartirla con ellos.

Atravieso la puerta y entro a tientas, golpeando con mi bastón todo lo que está a mi paso. Así anuncio mi llegada desde que soy ciego. El silencio aparente de una casa vacía dura poco; percibo olores de hombre extraño.

Mi mujer llegó temprano del trabajo, mis hijos están en sus habitaciones. Uno de ellos ha fumado un porro y otro juega en la PC nueva con el volumen en silencio, pero yo logro escuchar los botones del *joystick*.

Me siento al piano, al piano que siempre fue solo ostentación pura. Steinway & Sons. El piano que gobierna la sala. Me dejo llevar por la música que me quema en el tacto, en cada uno de mis dedos. Lo siento muy dentro, como un eco en mis oídos, saboreo notas musicales, huelo melodía y veo solo negro: negro bemol, negro sostenido. Negro como en la cuenca de sus clavículas, negro el color de mi nueva vida.

Toco el piano con fuerza, con pasión y energía, inspirado por alguna fuerza desconocida, inexplicable y seguramente divina, ya que viene desde arriba. Siento que me entra por la cabeza.

Me invaden espasmos, escalofríos y temblores hasta los pies.

Esparzo música intensa en el ambiente, una banda sonora para mi película: precisa para el clímax con tu amante, música que relaja el viaje alucinógeno de alguno de uno de mis hijos y que le hace sentir épico y vencedor al otro dentro de un videojuego.

Toco el piano intensamente, no puedo parar. Percibo que la felicidad de ellos y la mía vuela en el aire en forma de partículas de polvo que salen de las teclas. Las puedo sentir en la piel de mis manos, en mis párpados; partículas de felicidad que se elevan en medio de las ruinas de esta casa, para luego caer lentamente y reposar silenciosas cuando la música cese, como los copos de nieve sobre las tumbas en algún cementerio del norte.

Yo solo quería un cigarro

ESTOY TERRIBLEMENTE aburrida y no sé qué hacer. Siento venir al hastío directamente hacia mí para darme un golpe certero en el alma y no sé cómo huir de él. Hoy es tres de enero y para no variar estoy sola, sin nadie con quien hablar, tumbada en un sofá, contemplando el techo húmedo de mi cuarto. Una agenda llena de números, pero ninguno como para poder llamar a esta hora maldita.

Decido salir a caminar un poco. A veces suelo caminar sola para distraerme: algunas veces funciona, pero otras lo único que consigo es cansarme. La lluvia jodida que molesta en la cara, que no moja demasiado; la lluvia hipócrita que no cesa. No hay cigarros en mis bolsillos y necesito uno urgente.

Una tienda: difícil de encontrar una abierta por este barrio y a esta hora (Rímac, 11.00 p.m.). No conozco muy bien por aquí. Estoy despeinada, sin bañarme, con las bastas mojadas y sucias de barro. La lluvia me molesta, no me deja ver bien.

Una luz blanca mojada, que por momentos parece ser un arco iris, me indica que hay una bodega abierta:

—Un Marlboro rojo por favor. . . —Solo hay Salem.

Maldigo para mis adentros. Ojalá me gustaran los mentolados.

Salgo de la tienda y mi desconcierto aumenta. No sé a dónde ir. Ver las calles así, mojadas, oscuras, sin mucha gente, hace que me dé cuenta de mi realidad: estoy sola.

Tengo un poco de miedo: siento que algo puede pasar de pronto pero aun así decido ir más allá. Veo otro fluorescente que despide luz mojada, igual que el anterior. No creo que tengan los cigarros que quiero, pero igual decido ir.

La tienda huele a humedad, tiene unas cuantas verduras secas, algunas golosinas y pocos cigarros.

Sé que no hay Marlboro, y lo más probable es que la cholita que atiende piense que «Marlboro» es el nombre de algún actor americano. A un costado de la tienda un grupo de chicos conversan con desgano. Pienso por unos segundos lo estúpida que se me escucharía pidiendo un Marlboro en aquella tienda casi provinciana. Pero ahora estoy parada frente a la reja mirando directamente a los ojos a la pequeña cholita que espera que pida algo. Solo atino a decir:

—¿Tiene camotes?

—Se han acabado . . .

Doy media vuelta, lista para irme y veo que alguien saca un Marlboro de su bolsillo y lo enciende.

Lo miro atónita. Me es difícil describirlo ahora. sería poco decir que no era muy blanco, que tenía el cabello corto, oscuro, ondulado, los ojos oscuros, una camisa de cuadros. Mejor podría decir que era un chico joven, casi de mi tamaño, bello como un ángel. Me imagino la publicidad de un ángel fumando: sería perfecta. A esta hora y en este barrio de mierda aquel chico solo podía ser una visión, pero descubro que es real cuando aspira el humo de su cigarro y me dice:

—A lo mejor puedes encontrar camotes en la otra tienda.

Sabía a qué tienda se refería, pues yo venía de allí. Sin embargo le pregunto:

—¿Dónde queda exactamente? No conozco muy bien por aquí . . .

Me explica con señas y palabras pero no le presto atención. Me he quedado estúpida mirándolo.

—Gracias —respondo y me voy.

Sigue lloviendo. Decido ir por el camino más largo.

Necesito caminar, quizás así la confusión por la que atravieso desaparezca.

Después de tres cuadras, sigo con la mente vacía, en blanco. Resbalo, caigo y me golpeo. Estoy sucia de barro. Las manos me arden y las rodillas me duelen. Permanezco sentada en la humedad y suciedad de aquella vereda. No me importa. Me doy cuenta entonces de lo desarreglada que estoy.

Me fastidia. No sé qué hacer. Abrazo mis rodillas y hundo mi cabeza en ellas. Empiezo a llorar y siento punzar las gotas de garúa, como alfileres sobre mi nuca desnuda. No sé cuánto tiempo he estado ahí, me paro cuando empiezo a estornudar y mi ropa está ya húmeda.

Llego a casa. Mecánicamente marco un número en el teléfono. Seguramente es de alguna amiga, pero no sé exactamente de quien. No me importa, solo necesito contarle esto a alguien, a quien sea.

Nadie contesta. Cuelgo.

Necesito un cigarro fuerte. Necesito saber quién es él. ¿Será que la soledad la vuelve a uno vulnerable? Quizás no era bello; quizás era un chico cualquiera, un tipo común; pero me habló. Tal vez necesitaba alguien que me hablara, aunque sea que me diga dónde puedo comprar camotes a esta hora de la noche. ¿Qué puedo hacer ahora? No lo sé. Solo sé que lo necesito demasiado, tanto o más como necesito un cigarro en este momento.

Por un momento escucho el silencio que aumenta. Algunas imágenes torcidas pasan por mi mente. Necesito un cigarro. Necesito hablar con alguien. Me siento terriblemente mal.

Ahora solo sé que no soluciono nada aquí tirada sobre este sillón; a solas; a oscuras; masticando un chicle de menta para medrar mis ansias de nicotina; llorando; escuchando a Silvio Rodríguez decir: «El problema no es repetir el ayer como fórmula para salvarse, el problema vital es el alma, el problema, señor, sigue siendo sembrar amor».

La escena de la tienda pasa por mi mente como una película una y otra vez. Pienso: ¿Qué hubiera pasado si hubiera pedido una cajetilla de Marlboro en esa tienda? Quizás la cholita no me iba a entender, pero quizás una mano pudo acercar hacia mi boca un cigarro y encenderlo; después ambos sonreiríamos y conversaríamos. Tal vez deba salir corriendo ahora mismo, o esperar una eternidad hasta el otro sábado, a esta misma hora en la misma tienda.

Miro la ventana húmeda y pienso: me gustaría que lloviese a cántaros, así podría salir a caminar y podría llorar mucho, desahogarme mientras la lluvia se mezcla con mis lágrimas. Sería como un rito de purificación.

Imposible. La lluvia menuda solo logra empañar la ventana. Me he cansado de llorar. Intentaré dormir, aunque es difícil cuando se tienen los ojos hinchados.

Cerré los ojos

UN SONIDO fosforescente, de segundero, anunciaba en la habitación que era medianoche.

Una vez más cerrarías tus ojos, dejando al descubierto tus extraños párpados. Te dejarías caer en lo infinito de tus sueños e inmediatamente yo despertaría de un sueño fingido para iniciar un ritual casi oscuro: contemplarte dormido como quien vela a un muerto.

Pasaron siete semanas. Mis ojos nunca se cerraron desde que dormía con él. Sus párpados extraños y casi transparentes me perturbaban. El insomnio me hundía más aun cuando los ruidos empezaban. Solo yo podía escucharlos. Conforme la oscuridad crecía, estos se hacían más intensos y la locura arañaba mi escasa razón.

Al principio pasaba noches enteras frotando mis oídos contra las paredes, tratando de descubrir el origen de aquellos ruidos similares al sonido que el agua produce al golpear una superficie desconocida. Un ruido líquido que además retumbaba. Fueron horas eternas recorriendo milímetro a milímetro las paredes, pero desistí cuando una mañana amanecí en medio de un charco de sangre que brotaba desde mi oído izquierdo. No me había dado cuenta de cuando empecé a sangrar; el cansancio era tal que no me dejaba conciencia para percibir la realidad. Todo se convirtió en una costra oscura que me impidió moverme por un momento, hasta que se absorbió de pronto y sin dejar rastro.

Al día siguiente él me besó en la oreja como sabiendo qué era lo que pasaba. Esa noche, volvió a dormir profundamente en esa cama inmensa y comodísima, mientras yo me desvanecía torturada por esos ruidos en espiral que se hundían profundamente en mis tímpanos.

Tomaba sus manos y trataba de cerrar los ojos y dormir, pero el ruido líquido me cortaba. Se hacía más intenso cuando permanecía en quietud, cuando la oscuridad me tragaba. Una noche, la más oscura de todas, encendí las luces, corrí las cortinas y dejé a la luz de la luna entrar por la ventana. Se me ocurrió que a lo mejor este ruido no vivía con la luz.

La luz de luna y la de los focos se convirtieron en una masa luminosa casi metálica que inundó de golpe la habitación. El ruido —que para entonces podía escucharse hasta diez kilómetros a la redonda— comenzó a ahogarse, a morir de a pocos. Bastó que diese medio suspiro iniciando un alivio para que el ruido volviese con más fuerza como si hubiese sido engañado. Llegué a la conclusión de que la luz natural del día era la única capaz de lograr el silencio.

Los días eran breves y las noches eran un calvario interminable. Mis ojos se cuartearon y se secaron aun más; empalidecieron. Me condené a permanecer despierta el resto de mis noches velando sus sueños.

Resignada a soportar el perpetuo insomnio, empecé a contemplarlo con detenimiento. Era la primera vez que lo hacía desde que dormía con él. Su cuerpo estaba hecho de luz etérea y tibia, que me molestaba tanto en los ojos pero aun así no los lograba cerrar. Los contornos de su silueta eran afilados como un vidrio pálido que cortaba la oscuridad. Tenía enredado en sus cabellos brillantes un poco de mis cabellos opacos. Sus manos eran delgadas y blanquísimas; sudaban algo viscoso pero de buen olor.

Mientras dormía, se llenaba de paz a cada segundo, y sus párpados transparentes dejaban ver una mirada blanda y dulce, diferente de su dureza en el día.

Descubrí que a través de sus párpados podía ver sus sueños, como si estuviera viendo la televisión.

Y descubrí también que yo no estaba en sus sueños.

Por un momento, mientras lo contemplaba, me olvidé del ruido. Entonces me dieron ganas de abrazarlo con fuerza y lo hice sin temor a que pudiera despertarlo. Al abrazarlo, comencé a sentirme un poco mejor. Algo extraño sucedió dentro de mí, como una efervescencia interna.

La cicatriz de mi oído se abrió y comenzó a sangrar con violencia cuando pegué mi oreja a su pecho: descubrí el ruido de sus latidos acompasados y sin mucha emoción, escuché los susurros de sus sueños, escuché su sangre circular, chocando con las paredes de kilómetros y kilómetros de venas y arterias. Ya no me hacía daño aquel ruido. Ya sabía lo que era.

A pesar de que empecé a sentir sueño y cansancio, no quise quedarme a dormir a su lado. Me limpié la oreja y me puse a empacar mis cosas. Salí corriendo de su cuarto. La madrugada puso neblina gris en todas partes; las calles estaban vacías. Tomé un taxi y me sentí tan tibia dentro como en una incubadora; fue como estar recién nacida. El chofer tenía la radio encendida y en volumen muy bajo alguien cantaba: «Dormir contigo es estar solo dos veces . . . ».

Mis ojos volvían a su color y se humedecían ligeramente con cierta tristeza. Los cerré. Las demás canciones, susurradas por la radio y el ruido de un motor alejándose, me arrullaron.

Me quedé dormida.

CLAUDIA ULLOA DONOSO nació en Lima, Perú, en 1979. Es autora de la novela *Yo maté a un perro en Rumanía* (Almadía, 2022) y de los libros de cuentos *Pajarito* (Almadía, 2018), *Séptima Madrugada* (Estruendomundo, 2007) y *El pez que aprendió a caminar* (Estruendomundo, 2006). Tanto la crítica literaria como sus lectores han destacado a Claudia como una de las voces más originales y alucinantes de la literatura latinoamericana contemporánea. En 2017 figuró en Bogotá39, una selección del Hay Festival que distingue a los mejores autores de ficción de América Latina con menos de 40 años. Su obra se ha traducido al inglés, al francés, al sueco y al italiano. Actualmente vive y enseña español al norte del círculo ártico en Bødo, Noruega.

❋ ❋ ❋